4인4색 신진작가 희곡집

4인4색 신진작가 희곡집

초   판 1쇄 인쇄일   2022년 11월 1일
초   판 1쇄 발행일   2022년 11월 7일

지 은 이   최준호 · 김하나 · 송천영 · 차인영
만 든 이   이정옥
만 든 곳   평민사
            서울시 은평구 수색로 340 〈202호〉
            전화 : 02) 375-8571
            팩스 : 02) 375-8573
            http://blog.naver.com/pyung1976
            이메일 pyung1976@naver.com
등록번호   25100-2015-000102호
ISBN   978-89-7115-074-0 03800
정   가   12,000원

이 책은 사단법인 한국극작가협회가 한국문화예술위원회의 2022년 제5회 극작엑스포
지원금을 받아 출간하였습니다.

4인4색 신진작가 희곡집

최준호 · 김하나 · 송천영 · 차인영

차 례

밤이 되면 그 녀석이 돌아온다

최준호

등장인물

김진호 (29세, 남)
이윤경 (29세, 여)
장상엽 (27세, 남)
식품판매원 (51세, 여)
조명식 (29세, 남)

1장.

심야, 김진호의 방. 열 평 정도의 방에 침대, 책장이 있는 컴퓨터용 책상, 그리고 옷장이 공간에 맞게 놓여있다. 옷장 옆에는 현관문이 있다. 컴퓨터용 책상은 관객을 향해 있다. 현관문은 비밀번호로 열리는 자동식 잠금장치와 수동식 잠금장치가 이중으로 되어있다. 자동식은 잠겨있지만 수동식은 열려있다. 컴퓨터용 책상 위에는 노트북 컴퓨터와 핸드폰이 있다. 책상 옆 가장자리에는 베란다가 있다. 그런 방안 침대 위에서 김진호가 잠자는 장면으로 극이 시작한다.

김진호　(가위에 눌려있다. 얼굴은 식은땀으로 가득하다)

목소리　야! 김진호. 일어나 새끼야!

김진호　(깨어나려 하지만 소용이 없다) 진짜가… 진짜가 아니야.

목소리　일어나라고! 귓구멍에 말뚝 박았냐?

김진호　신경 쓰지 마… 사라질 거야…

현관문을 부술 듯 발로 차는 소리가 난다.

목소리　이놈이 문을 잠갔네. 내가 못 열 것 같아? (콧노래 부르며) 난 비밀번호를 알지! 그럼, 알고말고!

현관문 밖에서 비밀번호를 누를 때 나는 효과음이 들린다.
잠시 후, 문이 열리고 군복 입은 상병 계급의 군인 등장.

김진호   (눈을 겨우 뜬다) 장상엽 상병님…
장상엽   어라! 모두 아침 기상했는데 누워 자고 있네?
김진호   근무 취침 중이었습니다.
장상엽   누구 마음대로 근무 취침?
김진호   행정보급관님께서 시키셨습니다.
장상엽   보급관이 너보고 자래?
김진호   보급관님께서 새벽까지 행정업무와 군장 조립을 했다
        며 근무 취침하라고 하셨습니다.
장상엽   아! 보급관이 자라고 하면 자는 거구나. 선임인 나한테
        물어보지도 않고 보급관이 자라고 했다고 쳐 자면 되
        는 거네. 넌 분대장이 호구로 보이지? 넌!
김진호   아닙니다.
장상엽   (말꼬리 잡기) 아니면 다야?
김진호   잘못했습니다.
장상엽   잘못하면 다냐고!
김진호   (말꼬리 잡기에 할 말이 없어 침묵한다)
장상엽   아! 잘못하면 다인가 보구나!

10

장상엽은 주먹으로 김진호의 복부를 친다. 김진호는 육체적 그것을 뛰어넘는 정신적인 공포로 가득하지만 저항조차 할 수 없다.

장상엽 우리 진호야, 보급관한테 오늘은 무슨 명연기 했어?

김진호 아닙니다.

장상엽 에이, 아니긴 뭐가 아니야? 우리 진호 명연기는 부대에서 알아주지. 전 부대에서도 가련한 피해자 연기로 부대 다 폭파시켜 버리고 여기 온 거잖아?

장상엽은 김진호가 누워있는 침대에 살짝 걸쳐 앉아 김진호의 목을 천천히 조른다.

장상엽 (노려보며) 그래, 보급관한테 직접 말하지 않아도 간접적으로 호소하면 되지. 그렇지?

김진호 아닙니다. 저는 괜찮다고 했는데 보급관님이 꼭 근무 취침하라고 하셨습니다.

장상엽 (목을 더 강하게 조른다) 이제 나 좀 있으면 보급관실로 가서 진술서 써야겠네? 괜찮아. 난 어차피 어디 전출 안 가요. 안 가!

김진호 장상엽 상병님 관련 이야기는 전혀 하지 않았습니다.

장상엽 네 특기 있잖아? 직접 대놓고 말은 안 해도 간접적으로 '나 불쌍해요' 하고 호소하는 거. 전략 좀 바꿔라. 이젠 네 방식을 다 꿰뚫었어.

김진호 아닙니다! 절대… 절대… 아닙니다!

장상엽 우리 진호 어떡하나? 행정반 온 건 후회하는데 소대로 돌아가자니 소대 이미지는 안 좋고, 전출을 가자니 전에 있던 연대 일이 있어 보급관님이 허락 안 할 것 같고 말이야.

김진호 (침묵)

장상엽 여기가 네 마지막 보루야. 다 너 잘되라는 거니까 부디 인간이 되라…

일어나는 장상엽, 현관문을 열고 퇴장하려 한다.

장상엽 진호야, 내일은 토요일이라 밤 12시까지 영화 볼 수 있는 거 알지? 잘 준비해서 재미있게 놀자. 알았지?

김진호 (공포로 고개만 끄덕인다)

장상엽 그래, 믿는다. 내가 우리 진호 아니면 누굴 믿겠어?

장상엽 퇴장. 문이 저절로 잠긴다. 김진호, 일어난다.

김진호 (가쁘게 숨을 쉰다) 진짜가 아니야… 진짜가…

김진호는 호흡을 고른 뒤 책상 서랍에서 담배와 라이터를 꺼내 베란다로 간다. 창문을 열고 담배를 피운다.

김진호 (담배를 빨아들인 뒤 내쉬고) 아주 골초가 다됐네. 끊어야 하는데… 개새끼, 참 좋은 거 가르쳐 줬다.

김진호는 담배는 끝까지 피우지 않고 창문 밖으로 던져 버린다.

김진호 (창밖을 멍하니 바라보며) 뭐하냐? 상엽아… 잘 살고 있지?

책상 위 핸드폰이 울린다. 김진호는 방에 들어와 핸드폰을 받는다.

목소리 (여성의 목소리) 여보세요?
김진호 (불안하지만 반갑게) 윤경아, 나야 진호. 아직 안 자네?

무대 한쪽 구석에 조명이 비치면서 전화하는 이윤경 등장.

이윤경 저녁에 친구들이랑 공포 영화를 봐서 그런지 잠이 안 오네. (웃음) 영화 자체는 별로 안 무서운데 옆 친구들 반응이 더 무서웠어.

김진호   그렇구나. 근데 무슨 일이야 이 시간에?

이윤경   뭐랄까… 그냥 잠도 안 오고 네 목소리도 듣고 싶어서.

김진호   그럼 만나서 좀 걸을까? 너희 집 가깝잖아.

이윤경   이 시간에?

김진호   왜? 싫어?

이윤경   그러지 뭐. 그럼, 십오 분 뒤 우리 집 앞에서 만나. 귀신
        보다 더 무서운 친구들 비명 소리나 들려줄게.

김진호   (억지로 웃으며) 듣고 싶네. 대체 어떤 소리인지.

이윤경   진호야…

김진호   왜?

이윤경   무슨 일 있어?

김진호   아니 왜?

이윤경   뭔가 말하는 게 좀 불안해 보여서.

김진호   아니야. 자다 일어나서 목소리가 좀 잠겼나 봐. 좀 이
        따 보자.

이윤경   응, 알았어.

통화를 마치면서 이윤경이 사라진다.

김진호   과거야… 다 지난 일이라고…

김진호는 무덤덤하게 창문 밖을 바라본다.

2장.

김진호 여자 친구, 이윤경의 집 앞.

김진호 (목소리) 며칠 뒤면 '전산회계자격시험' 결과가 나오는데 보나 마나 붙었을 거야.

이윤경 (목소리) 아! 진짜 그 소리 벌써 열 번은 더 듣는 거 같아.

김진호와 이윤경 등장.

김진호 아니야. 전산회계 이야기는 지금 처음 한 거야.

이윤경 조금 전에도 했어.

김진호 그건 '한국사능력시험'이고 지금은 전산회계 이야기야.

이윤경 그게 그거지. 지친다! 지쳐!

김진호 너무 이런 이야기만 했나? 미안…

이윤경 미안할 건 없어. 너 대단한 거 알아. 근데 말이야.

김진호 근데 뭐?

둘은 이윤경 집 주변을 걷고 있다.

이윤경 뭐랄까? 나 네 자랑 듣는 거 좋아. 너 스스로 확신도 좋고, 자신감도 느껴져. 하지만 똑같은 말 반복해서 들으면 좀 재미없어.

김진호 그렇구나. 되도록이면 반복 안 할게.

이윤경 (웃으며) 되도록 말고 아예 하지 마!

김진호 알았어. (사뭇 진지하게) 근데 난 단순히 자랑하고 싶어서 이런 말 하는 건 아니야.

이윤경 그래, 알아.

김진호 난… 너하고의 관계, 단순히 추억으로만 남기고 싶진 않아.

이윤경 (웃으며) 미래는 모르잖아.

김진호 모르지. 하지만 30, 40, 50대에도 이렇게 너랑 웃으며 걷고 싶어. 그러기 위해서는 돈이 필요해.

이윤경 듣기는 좋다.

김진호 가정을 이루면 책임이 따르잖아. 능력이 있어야해.

이윤경 그렇구나. 뭐… 문창과 나와서 글만으론 먹고 살긴 힘드니까.

김진호 이젠 문창과가 아니야.

이윤경 아! 그렇지. 국문과지… 우린 과 없는 고아네. 그럼 뭐어때? 난 문창과 나온 거 만족해.

김진호 그래도 밥은 먹고 살아야지. 나를 위해서든 널 위해서든.

이윤경 고마워. 근데 진호야!

16

김진호   얘기해.

이윤경은 김진호를 안아준다.

이윤경   (다정하게) 너무 강박관념에 빠지지 마. 나 너 좋아해. 계
속 너랑 같이 있고 싶어.

김진호   (함께 포옹하며) 고마워.

이윤경   (포옹하던 두 손을 놓고) 열심히 사는 거 보기 좋아. 다만
너 자신을 혹사하진 마. 가끔 네가 너무 힘들어 보여.

김진호   아니야. 그렇게 힘들진 않아.

이윤경   만약, 결혼하면 신혼여행은 통영으로 가고 싶어. 박경
리 선생님이 살던 곳도 보고 싶고.

김진호   맞다. 너 박경리 소설 좋아하지?

이윤경   왠지 나도 그곳 기운을 받으면 박경리 선생님처럼 되
지 않을까?

김진호   결혼은 누구랑 할 건데?

이윤경   몰라, 이 멍청아. 나 이제 들어갈게.

김진호   그래, 들어가.

이윤경   너도 잘 가.

이윤경은 집 문을 열고 들어간다. 김진호는 이윤경이 들어가
는 것을 끝까지 지켜본 뒤 퇴장하려 한다. 그 순간 이윤경이

문을 열고 다시 나온다.

이윤경 진호야!

김진호 (뒤를 돌아보며) 왜, 윤경아.

이윤경 (다정하게) 아까도 말했지만 넌 좋은 애야. 그러니까 나한테 굳이 증명 안 해도 돼.

김진호 (고개를 끄떡이며) 그래, 고마워.

이윤경 열심히 사는 것도 좋지만 지금 행복하자.

김진호 그러자. 날이 추워 빨리 들어가.

이윤경 알았어. 너도 추우니까 빨리 가!

이윤경은 다시 집으로 들어가며 퇴장.

김진호 (혼잣말) 내겐 현실이 그런 일상적 강박 정도가 아니야…

완전 군장을 하고 총은 오른손에 든 군 작전상황의 장상엽 등장.

장상엽 야! 김진호. 나 수색 순찰 몇 시간 했는지 아냐?

김진호 (침묵)

장상엽 8시간이다. 네가 행정실에서 컴퓨터나 두드리며 꿀보직일 때 난 이렇게 개고생 했다고.

김진호	(무표정 혼잣말) 어쩌라고, 맡은 일 열심히 한 것뿐인데.
장상엽	그 여자 친구 예쁘더라. 그간에 많이 먹었겠네?
김진호	닥쳐!
장상엽	너 군대 있는 동안 네 애인은 다른 남자 안 만났을까?
김진호	2년간 기다려 준다고 했어.
장상엽	그 시간에 너만 바라볼까? 그렇다면 대단하네. 근데 너 나랑 외박 나갔을 때 창녀촌 간 거 네 애인은 아나 몰라?
김진호	잘 먹지도 못하는 술 강제로 먹여 데려간 거잖아.
장상엽	아무리 그래도 가기 싫다는 의지가 확고하면 안 갔지 왜 갔겠어. 안 그래? 가뜩이나 인생 하치 같은 놈이 괴롭히 는데 성욕으로라도 스트레스 풀고 싶은 거였잖아?
김진호	난 너랑 달라.
장상엽	문산 우체국 은행에서 7만 원 바로 빼더라.
김진호	들어가서 아무것도 안 하고 나왔어.
장상엽	그걸 어떻게 믿어? 네 생각이 만들어낸 희망 사항일 수도 있지. 왜? 나 같은 놈이랑은 비교되기 싫어서.
김진호	그만해…!
장상엽	너도 나랑 똑같아. 그냥 배경만 다를 뿐이야.
김진호	그만하라고!
장상엽	(자기 말만 한다) 새벽에 냉동 다 돌려놔라. 걸리면 늘 그 렇듯 네가 먹고 싶어서 그랬다고 둘러대고. 그게 조직 이고 남자다. 알겠어? 왜 잠 못 자게 하냐고? 그냥 너

니까.

장상엽 퇴장.

김진호   (혼잣말) 왜 난 그때 아무 말도 하지 못했을까?

3장.

대형 식품매장. 진열대에는 식품들이 진열되어 있고 진열대 앞에 시식코너가 있다. 김진호가 시식코너를 담당하는 50대 초반의 식품판매원과 다투고 있다. 김진호는 매장에서 어느 정도 지위가 있는지 좋은 양복을 입고 있다.

김진호 (단호하게) 아주머니, 그때 제가 분명히 말씀드렸습니다.

식품판매원 전 그런 말씀을 들은 적이 없다니까요.

김진호 아주머니가 들었든 안 들었던 전 말했어요.

식품판매원 그런 식으로 말한다면 담당관님이 말을 했든 안 했든 전 들은 적이 없어요!

김진호 기한 내 식품만 가지고 시식을 권하는 건 기본이에요. 그것도 시식코너에서! 근데 아주머니는 유통기한이 지난 식품을 고객에게 제공해서 회사에 피해를 주었어요. 그래도 발뺌하시겠어요?

식품판매원 (진열대 식품을 가리키며) 매일 이 많은 식품을 챙기기도 바쁜데 유통기한까지 어떻게 일일이 신경 써요?

김진호 그건 아주머니 사정이죠. 어쨌든 아주머니가 담당하는 시식코너이니 책임을 져야합니다.

식품판매원 이게 왜 제 책임이죠? 유통기한은 관리자인 그쪽 책임이지요!

김진호 진짜 말이 안 통하시네. 제가 아주머니 여기 처음 맡을 때 수차례 했던 말은 생각 안 나세요? 저희 쪽에서 일차적으로 검사해서 유통기한이 지난 게 있을 리는 없지만 만에 하나라도 지난 게 발견되면 **빼놓으라고** 했던 거 똑똑히 기억하는데.

식품판매원 저는 그런 말 기억 안 나요!

김진호 (한숨을 쉰다)

군복을 입은 장상엽이 나타난다. 장상엽은 김진호의 등 뒤로 와서 귓속말로 김진호에게 속삭인다. 김진호는 그런 장상엽을 인지하지 못한다.

장상엽 새벽 두 시에 몰래 냉동 돌리다가 걸린 건 네 잘못이야. 알지? 나중에 간부들에게 쫄린다고 헛짓거리하지 말고.

김진호 직접 팔고 관리하는 건 아주머니니까 아주머니 책임이에요.

식품판매원 유통기한 관리는 그쪽이잖아요.

장상엽 내가 시켰니 어쩌니 그런 건 배신이야. 윗사람 징계 먹
으면 아랫사람이 더 피해 봐요. 희생할 줄 아는 게 남
자다.

김진호 (마음을 가라앉히며) 자 자 알았어요, 아주머니.

식품판매원 이해하셨나요?

김진호 (건성으로 끄덕이며) 퇴근 시간인데 그만 가보세요.

식품판매원 고마워요. 나이 먹고 부끄럽긴 하지만 전 이게 생계고
자식들도 있어요.

김진호 수고했어요. 가보세요.

식품판매원 (고개를 숙이며) 감사해요.

식품판매원 퇴장한다.

장상엽 행정보급관이 계원들 심야까지 야근시킨 거, 성수 그
멍청한 자식이 고발해서 결국 어떻게 됐어? 부대 전체
가 진술서 쓰고 간부들 징계 다 먹고, 거기다 행정반은
폭파됐잖아.

김진호는 주머니에서 핸드폰을 꺼내 전화를 건다.

김진호 (핸드폰 들고) 어 나야. 유통기한 지난 식품 있잖아. 전부

시식코너 아주머니 책임이야. 알았지? 그렇게 보고해.
실제 그 여자 책임이 맞아.

장상엽 (김진호의 머리를 쓰다듬는다) 짜잘한 거 일일이 다 보고하
면 너도 나중에 선임 권리 못 누린다. 다 참고 덮을 줄
아는 사람이 큰 사람이 되는 거야. 인내하는 자가 결국
에는 이긴다, 이거야.

김진호 (사이) 뭐! 그 아주머니가 고소? 정규직도 아닌 여자가
뭔 힘이 있어 고소해? 이런 일 한두 번 해봐? 그 아주
머니가 잘못한 거야. 그럼, 죽어라 해서 정규직 된 우
리가 피해 봐야겠어? (사이) 그래 알았다. 잘 처리해.

김진호는 핸드폰을 끄고 주머니에 넣는다.

김진호 이게 당연한 거야.

장상엽 그래, 군대는 작은 사회야. 여기서 배우면 사회 나가서
현명하게 대처할 수 있어. 지금 연습한다고 생각하면
돼. 넌 똑똑하니까 내 말 이해하지?

김진호 (혼잣말) 다른 사람들도 똑같이 했을 거야…

장상엽 (김진호 등을 두드리며) 그래그래. 우리 진호 잘했다. 좀 있다 쉬는 시간에 축구 같이 하자. 밑에 애들도 다 나오라 그래. 축구 싫어하니 그딴 소리 일일이 들어주지 말고.

장상엽 퇴장.

김진호 (관객을 바라보며) 이건 당연한 거야. 그럼 당연하지.

4장.

회사 회의실, 커다란 회의 테이블과 의자들이 놓여있다. 김진호는 그중 한 의자에 앉아있고 그를 제외하고는 아무도 없다. 김진호가 앉아 있는 테이블 위에는 펜과 A4 용지가 있다. 그 용지에는 시식코너 사건에 대한 김진호의 입장이 적혀있다.

김진호   (용지를 보며) 형식적인 거지. 그야말로 형식적인…

군대 활동복을 입은 장상엽 등장.

장상엽   (콧노래 부르며) 형식적인 거지… 그야말로 형식적인… 이 말을 중대장이 직접 했으니 게임 끝이지. (김진호 옆에 앉으면서) 안 그러냐?

김진호   (무덤덤하게) 다 쓰셨습니까?

장상엽   그냥 뭐 종이에 글자나 채웠지. 아무짝에도 쓸모없는 짓을 왜 하는지 모르겠다.

김진호   (걱정스러운 표정으로) 이제부터 정도원이는 선임대접 받기 힘들겠습니다.

장상엽 대접? 지금부터 군 생활이 지옥이지. 그 자식이 고발한 놈이 대체 몇 명이냐?

김진호 그냥 중대 병사들 전부 고발했다고 보시면 됩니다.

장상엽 (팔짱을 끼고) 애들한테 들어보니까 빨래 짬 시킨 거, 편의점에서 과자 사오게 한 거, 선임들 관등성명 못 외워서 욕먹은 거⋯ 죄다 다른 애들도 나도 다 겪은 별거 아닌 거잖아? 우리 진호처럼 당했으면 아주 손목을 그었겠네.

김진호 근데 저희한테 아무런 징계가 없을까요?

장상엽 그럼, 당연하지! 현재 우리 보급관 관심이 무언지 알지?

김진호 주임 원사 승진입니다.

장상엽 (손뼉 치며) 맞았어! 그동안 우릴 새벽까지 굴린 이유가 바로 그것 때문이잖아. (테이블 위의 용지를 가리키며) 이딴 별 볼 일 없는 걸로 승진 길 막히는 걸 두고 보겠어? 형식상 병사들에게 진술서 쓰라하고 기합 한두 번 주는 걸로 끝날 거야.

김진호 입소문 한 번 빠르네요. 진술서는 누가 쓴 건지 비밀로 하는 건데 벌써 정도원이 썼다는 게 밝혀졌으니.

장상엽 그 시간에 어디 있었어? 어떻게 했니 어쩌니 질문 받다 보면 누군지 다 알지. 그걸 왜 모르겠냐? 진술서는 내부 부조리를 잡아내는 게 아니라, 결국엔 배신자만 가려내 공개처형하는 거야. 멍청한 새끼들이 그걸 모

27

른다니까.

김진호 도원이 바보 같은 자식… 상병 될 때까지만 참으면 되는데 말입니다.

장상엽 의지박약이라는 거야. 그 정신으로 전역하면 무얼 하겠냐? 회사에서 상사가 괴롭히면 진술서 쓰게? 우리 군대가 부조리인 게 아니라 그동안 있어왔던 관행을 무시하는 게 바로 부조리지.

김진호 전 뭐가 선진병영이고, 뭐가 내무 부조리인지 모르겠습니다.

장상엽 간단해. 단체생활에 피해 안 주면 선진병영이고, 피해 주면 그게 내무 부조리야.

김진호 그렇군요.

장상엽 원래 그런 거야.

김진호 도원이는 아무래도 다른 부대로 전출 가는 게 좋을 것 같습니다. 다른 대대나 연대로 가면 차라리 나을 텐데.

장상엽 그 불쌍한 새끼는 전출을 가고 싶어도 못 가. 왜냐? 전출을 가려면 이유가 있어야 하거든. 사단 법무부에서는 왜 적응 못했는지 그 요인을 찾으려고 할 거야. 정도원 그 멍청한 자식은 다 불겠지. 그럼 우리 부대는 작살나는 거야. 중대장과 행정보급관 짬밥이 몇인데 그걸 모르겠냐?

김진호 어떻게든 도원이를 달래서 부대에 머물게 하겠죠. 병영생활 기록부에는 관심병사로 기록될 것 같습니다.

장상엽 이제 정도원에게 욕하거나 괴롭히는 새끼는 없을 거야. 대신 병사들이 다른 걸로 응징하겠지. 진호도 그게 뭔지 알지?

김진호 (나지막한 소리) 예, 무관심입니다.

장상엽 그래, 우리 진호가 교육을 제대로 받아서 뭔가 좀 아는구나! 무관심이 제일 무서운 거야. 어떤 일도 안 시키고 어떠한 관심도 안 주는 게 진짜 제대로 된 공포지. 기수 열외! 후임들도 무시하는 선임 대접 못 받는 선임! 어리석은 새끼. 그런 거에 비하면 차라리 욕먹고 맞는 게 훨씬 나은 건데… 뭐 어쩌겠냐? 이미 엎질러진 물인걸. 그 정도 정신력밖에 못 되는 거야. 너 봐라, 연대에서 선임들 찌르고 온 배신자 새끼라는 인식이 더는 없잖아? 나한테 그렇게 당했는데도 참고 버텼으니 배신자는커녕 의리 있는 남자지!

김진호 (무시하고) 도원이가 안쓰럽긴 하지만… 우리 행정반도 아니고 제 코가 석자라 동정할 생각도 없습니다.

장상엽 행정반이었으면 그 새끼는 나한테 작살났다. 어설프게 괴롭히니까 그래. 아예 대항할 수 없을 정도로 공포심을 주면 고발은커녕 기게 되는데 말이야.

김진호 (침묵)

장상엽 그래, 넌 잘 쓰고 있냐?

김진호 (과거 이슈에서 현재 이슈로 넘어간다) 예. 시식코너 아주머니가 유통기한 지난 게 우리 쪽 책임이라고 떼를 써서요. 윗선에서도 마지못해 저한테 상황보고서를 쓰랍니다.

장상엽 (웃음) 형식적인 거잖아? 그야말로 형식적인 거 말이야.

김진호 예, 이미 답은 나온 거죠.

장상엽 (보고서를 보며) 손해 안 보게 두루뭉술하게 썼네! 이제야 좀 뭘 아는구나.

김진호 구체적으로 써봤자 꼬투리 잡혀 손해만 보죠. 이렇게 써야 제가 손해를 안 봅니다.

장상엽 (등을 두드리며) 잘했다. 잘했어. (자리에서 일어나) 난 그럼 휴게실에 가 있을게.

김진호 냉동 돌려서 가겠습니다.

장상엽 아니야, 애들한테 시켰다. 고생하는데 냉동까지 무슨… 우리 진호도 좀 있으면 상병 되잖아. 짬 대우받아야지.

김진호 (고개를 살짝 숙이고) 감사합니다.

장상엽 감사하긴… 난 간다.

장상엽은 퇴장하려다 멈춘다.

장상엽 (김진호를 바라보며) 진호야.

김진호 예, 장상엽 상병님.

장상엽 아무리 봐도 내가 널 잘 가르친 것 같다. 그런 정신이면 어딜 가나 먹고 살 거야. 어딜 가든 말이야.

김진호 감사합니다.

장상엽 그럼 내려가 있을게.

김진호 예, 끝나는 대로 바로 가겠습니다.

장상엽 퇴장.

김진호 (장상엽이 사라진 곳을 바라보며) 지랄… 그냥 너 살려고 하는 거였잖아. (자조적 웃음) 뭐 나도 나 살려고 이러는 거지.

문 두드리는 소리.

식품판매원 (목소리만) 담당관님, 저 이제 들어가도 되나요?

김진호 예, 아주머니 들어오세요.

식품판매원 등장.

식품판매원 (불안한 눈초리) 다 쓰셨나요?

김진호 (자리에서 일어나) 예, 그냥 간단하게 썼습니다.

식품판매원 문밖에서 계속 무서워서 마음 졸이고 있었어요.

김진호 그러실 필요 없어요. 다 잘 될 겁니다.

식품판매원 그냥 있던 일만 쓰면 별일 없는 거죠?

김진호 예, 그냥 몇 날 몇 시에 팔던 식품 몇 개가 유통기한이 지났음. 그 정도만 쓰면 됩니다. 괜히 이것저것 다 쓰면 일만 커져요. 아주머니도 아시죠?

식품판매원 예, 알고말고요. 꼭 그렇게 쓸게요.

김진호 그리고 쓰실 때 제 잘못이니 아주머니 잘못이니 그런 거… 쓰지 마세요. 그럼 진짜 귀찮아져요. 좋은 게 좋은 거죠.

식품판매원 (안도의 웃음) 그렇죠! 좋은 게 좋은 거죠!

김진호 (보고서를 들고) 전 이거 제출하러 가겠습니다.

식품판매원 예, 저도 잘 써서 낼게요.

김진호 (고개를 저으며) 잘 쓸 필요 없어요. 그냥 적당히 쓰세요.

식품판매원 (고개를 끄덕이며) 예…

김진호가 퇴장하려는 순간

식품판매원 담당관님!

김진호 (멈추어서 식품판매원을 바라보며) 무슨 일 있나요?

식품판매원 정말 괜찮겠죠? 우리… 말이에요.

김진호 (웃음) 예, 괜찮을 거예요.

식품판매원　감사해요. (자리에 앉으며) 그럼 전 이거 쓸게요.

김진호　예, 수고하세요.

식품판매원은 보고서를 작성한다. 김진호는 퇴장하려다 잠시 멈추어 식품판매원을 바라본다.

김진호　(혼잣말) 괜찮을 겁니다. 적어도 나는 말입니다.

김진호는 허공을 바라보면서 휘파람을 분다.

김진호　(장성엽처럼 휘파람과 노래를 섞어 부른다. 그러나 여유는 안 느껴지고 불안한 기색) 형식적인 거지, 형식적인 거.

조명식 퇴장.

5장.

작은 술집. 김진호와 그의 대학 동기인 조명식이 술을 마시고 있다. 둘이 앉아있는 테이블 위에는 골뱅이 소면과 소주 몇 병이 전부다. 둘은 술을 먹으면서 고전문학에 대한 이야기를 주고받는다.

조명식 (소주를 마시며) 대학 1학년 때 『달과 6펜스』를 읽었을 때는 고갱을 이해하지 못 했는데 사회인이 되니 이해가 되더라. 그 명작을 이제야 이해하다니. 나도 참 수준이 그거밖에 안 돼.

김진호 (조명식의 잔에 소주를 따르며) 야! 그게 무슨 고갱 이야기냐? 고갱의 삶을 바탕으로 한 '서머셋 모옴'의 가상 이야기지.

조명식 (소주를 마시며) 그래도 고갱이 반영되었겠지. 실존 인물을 모티브로 한 소설에 있어서 중요한 건 그 사람의 생애를 똑같이 그리는 게 아니야! 그 정신을 담아내는 거지.

김진호 안주 좀 먹으면서 마셔라. 속 버려.

조명식 (아랑곳하지 않고) 고갱에게는 세상과 타협할 수 없는 예술적 광기가 있었어. 그 광기를 부정하는 것은 자신을 죽이는 행위와 똑같은 거야. 물론, 한 가정의 가장으로서는 개차반이었지. 하지만 광기라는 것은 세상과 이것저것 타협하면서 이룰 수 있는 게 아니야. 고갱은 타협을 거부한 대신 가슴 속 광기를 구현했던 거지. 남들이 늦었다는 40대에 그림을 시작했지만, 예술은 세상의 관습에 따라 움직이는 게 아니야.

김진호　(듣긴 하는데 그다지 흥미는 없다) 그건 소설 이야기고, 실제 고갱은 35세 때 전업 화가가 됐다더라. 『달과 6펜스』에 나오는 주인공 찰스 스트릭랜드는 그냥 철저하게 작가 '서머셋 모옴'의 생각이 반영된 캐릭터일 뿐이야.

조명식　그래도 안정된 생활을 버리고 광기를 택했잖아.

김진호　그놈의 광기… (화제를 돌린다) 그래, 요새 일은 잘 되냐?

조명식　편의점 아르바이트가 매일 똑같지 뭐. 계산하고 돈 받고 퇴근할 때 정산하고 무한 반복이야.

김진호　명식아, 내가 네 인생에 뭐라고 할 처지는 아니지만…

조명식　(자르며) 전문 자격증 따라고? 토익? 전산회계? 오픽? 너처럼 정규직 직장인이 될 생각은 없다니까. 난 소설가가 될 거야. 인간과 인간이 사는 세상을 담는 그런 작가가 되고 싶어.

김진호　아니 굳이 자격증을 따고 정규직에 취직하라는 게 아니라 이것저것 사회경험을 해보면 글감도 더 생기지 않을까?

조명식   싫다! 경험이 아예 직장이 될 거야… 아르바이트로도 먹고 사는 데는 지장 없어. 풀칠이긴 하지만. (김진호에게 소주를 따른다) 세상의 기준에 날 맞추고 싶진 않아. 나는 나야.

김진호   세상의 기준이라. 그거 알아? 너는 만날 때마다 현실이 어쩌니 하는 말 꼭 하는 거.

조명식   그래서?

김진호   그거 자체가 말이야 오히려 현실을 더 신경 쓰는 거 같아.

사이.

조명식   그럴 수도 있겠다.

김진호   (소주를 따르며) 말로는 신경 쓰지 않는다면서도 그것 때문에 고민 많은 거… 있잖아 명식아, 사람이란 말이야 이러니저러니 해도 결국 세상에 속한 존재이기 때문에… 세상의 기준을 인식하지 않을 순 없어. 그걸 부정하려 하지마라. 너만 괴로워.

조명식   네 말이 아주 틀린 건 아니야. 의식을 안 한다지만 어쩌면 의식해서 말하는 거지. 사실 고민도 많아.

김진호   그래, 안주 좀 먹어라.

조명식   하지만 말이야, 난 내 방식대로 세상과 싸우는 거야.

어차피 인생이란 죽을 때까지 고민의 연속이지 않을까? 마음 편하고 싶으면 너처럼 자격증 따서 취직했지.

김진호 그래서 나는 세상에 굴복했다?

조명식 그게 아니라 서로 가는 길이 다르다는 거지. 너도 인정해. 사실 문창과 우리 학번 중에 진짜 문학에 종사하는 사람도 없고, 너처럼 돈 잘 버는 사람도 없잖아.

김진호 잘 벌긴… 그냥 먹고 사는 거야. 그리고 이젠 문창과도 아니야. 국문과야. 아니, 우린 국문과 졸업생으로 처리되지도 않으니까 윤경이 말대로 고아네.

조명식 뭐 어때? 문창과가 없어져도 문창과를 나온 사람은 존재하잖아. 우리가 계속 존재하는 이상 문창과는 죽지 않아. 각자 길이 다르긴 해도 말이야. (주머니에서 담배를 꺼내려 한다)

김진호 이 식당 금연이야.

조명식 아, 그래? 그럼 나가서 잠시 피고 올게. 화장실도 좀 들르고…

김진호 알았어.

조명식 퇴장.

김진호 (소주잔을 들이키며 혼잣말) 고갱은 지랄. 다 인정받았으니까 폼 잡을 수 있는 게지. 아 맞다, 고갱은 죽고 나서야 유명해졌지. 그게 뭔 소용이래.

군복을 입은 장상엽 등장. 아무렇지도 않게 조명식이 앉았던
자리에 앉아 잔에 담긴 소주를 들이킨다.

장상엽   (손을 비비며) 더럽게 춥네. 일산 쪽에 룸 예약했다. 물 좋
        은 곳이야. 넌 여자들이랑 놀기 싫으면 분위기 깨지 말
        고 술만 먹어. 그리고 개인택시 잡아놨지?

김진호   (두 손으로 소주를 따르며) 예, 연락했습니다. 좀 있으면 올
        겁니다. 헌병들 안 마주치는 길도 알아 놨습니다.

장상엽   사복은?

김진호   여기 사는 친구들에게 이야기했습니다. 건너편 주유소
        쪽에서 기다리고 있겠다고 합니다.

장상엽   잘했다. 어차피 자유로로 빠지면 헌병대도 단속 못해.
        그래도 혹시 모르니까 사복은 입어야지. (김진호의 어깨
        를 치며) 암마, 외박 나와서까지 다나까가 뭐냐? 반말해,
        편하게.

김진호   아닙니다. 돌아가면 다시 선임인데…

장상엽   반말하라고 새끼야.

김진호   아닙니다. 전 이게 편합니다.

장상엽   대단해 아주 그냥. 그렇게 윽박지르고 패고, 안 되면
        구슬려 봐도 결국 변하는 게 없어. 넌 고발한 적 한 번

도 없잖아.

김진호 전 부대에서 고발로 이미지 망가졌는데 또 하겠습니까?

장상엽 나 안 찌르면 됐지 뭘. 근데 왜 너한테 모진지 아니?

김진호 (사이) 모르겠습니다.

장상엽 새끼 다 알면서… 넌 끝까지 날 마음에 두고 있지 않아. 겉으로만 따르지. 날 미워하는 게 눈에 보여. 언젠가 사회 나가면 네가 위이고 난 막노동이나 할 인생 하치니까. 안 그래?

김진호 너무 비약입니다. 장 상병님은 절 과대평가하시는 것 같습니다. 문창과는 취업이랑 별 상관없습니다.

장상엽 그러냐? 난 대학만 나오면 다 똑똑해 보여.

김진호 그냥 예비 백수들입니다.

장상엽 그래? 뭐, 그렇다고 해도 넌 날 무시하는 게 눈에 보여.

김진호 (건성으로 듣고) 좀 있으면 택시 옵니다. 일어나야겠습니다.

장상엽 그래. 그나저나 다른 놈들도 왔으면 좋을 텐데.

김진호 수호가 쓴 진술서 때문에 한동안 외박은 힘들 것 같습니다. 휴가 안 잘린 게 다행입니다.

장상엽 강수호 그 멍청한 새끼! 결국 자기 무덤 판 거지. 보급관이 좀 있으면 주임원사 되는데 그놈들 징계하겠냐? 대충 무마시키겠지. 그놈은 이제 더욱 매장당할 거야. 사회 나가서 상사가 괴롭히면 진술서 이딴 게 있는 줄 알아?

김진호 진솔한 한마디 해도 되겠습니까?

장성엽 그래! 해봐!

김진호 정말 진심을 담아서 돌직구로 말합니다. 괜찮습니까?

장성엽 괜찮아! 외박이니까!

김진호 (미소) 준비되셨습니까?

장성엽 그럼!

사이.

김진호 (비웃음) 그놈의 사회에서 상사 어쩌고 정신교육 졸라 지겹지 않습니까? 무슨 안보교육도 아니고 일주일에 한 번씩 꼭 같은 말 하는데 시발 죽을 맛입니다.

사이.

김진호 (각오한 듯 덤덤하게) 역시 열 받으셨지 말입니다.

장성엽은 배를 잡고 크게 웃는다.

장성엽 아니 멋있었다. 지금까지 본 네 모습 중 가장 진솔했다!

김진호 그렇습니까?

장성엽 그렇게 지겨웠냐?

김진호 엿같이 지겨웠습니다.

장성엽 (소주병을 들고 따르며) 자 한잔하자.

김진호 (소주잔을 들고) 예.

장상엽 김진호의 군생활을 위하여!

김진호 (덤덤하게) 정신교육 끝나는 날을 위하여.

서로 잔을 맞춘 뒤 소주를 한 번에 들이킨다. 그리고 다시 따른다.

장상엽 (웃음) 새끼야! 내가 너 다 잘 되라고 그런 거야.

김진호 (마음에도 없는 말투) 그렇습니까?

장상엽 그렇지! 요즘 군대가 무슨 문제 있는 게 아니야. 원래부터 그런 거야. 군대만 그런 게 아니라 세상 자체가 그런 거고… 이겨낼 생각을 해야지. (손목시계를 보며) 택시 올 시간이 된 거 같다. 나가자.

김진호 전 계산하고 가겠습니다.

장상엽 고맙다. 난 먼저 나가 있을게!

장상엽 퇴장.

김진호 (장상엽이 나간 쪽을 바라보면서) 사실은 너도 불안하니까

41

그런 말 한 거지? 다 알아. 상엽아…, 지금 너는 얼마나 잘 살고 있는지 궁금하다.

조명식 등장. 자리에 앉자마자 소주를 바로 들이킨다.

조명식 역시 추위 날리는 데는 술이 최고다.

김진호 안주 좀 먹고 건배도 하고 그러면서 먹자. 뭔 놈에 술을 그렇게 바로 마시냐.

조명식 요샌 술 안 먹으면 살 수가 없더라.

김진호 서른도 안 넘은 놈이 무슨 인생 다 산 것처럼 말하네.

조명식 마셔야 스트레스가 풀려. 그래도 예전 학창시절에는 서로 쓴 글 합평하고, 술 마시면서 문학이야기 하는 거 참 좋았는데. 뭐 문창과는 이제 없지만… 추억이다, 추억.

김진호 그것 때문에 졸업 유보하면서 학교 계속 다니는 녀석들도 있었어. 국문과로 통합되니 그쪽으로 들어갔지만. 하긴 사회 나가기가 무섭거든.

조명식 넌 왜 그렇게만 보니? 국문과로 통합되었으니까 그냥 국문과로 말한 걸 가지고.

김진호 근데 밤새 술은 퍼마시면서 수업은 왜 안 나오니? 아르바이트까지 하느라 수업이 힘들다고 하는데, 그럼 술 마시는 걸 줄이던가. 그렇게 경쟁력 없이 학교 졸업해서 나오면 또 세상 욕이나 하겠지.

조명식 학비는 벌어야 하고 학업도 해야 하니 마음이 황폐해질 수밖에. 그래서 술 마시면서 서로 위로하는 건데 그게 나쁜 거야?

김진호 아니 그런 건 아니고… (화제를 돌리며) 참, 우리 소설특강 시간에 읽은 「산월기」(山月記) 생각이 난다. 그 단편 진짜 좋았는데. 정말 공감 많이 했지.

조명식 '나카지마 아츠시'의 단편 말이지? 사람이 호랑이 된 이야기.

김진호 (고개를 끄덕이며) 당나라 헌종(憲宗, 778~820, 재위 805~820) 때 이징(李徵)이란 선비가… 시인으로 명성을 얻고 싶었고, 실력도 있었지만 동시대에는 이태백 같은 천재가 있어 알아주는 이가 없었지. 하지만 세상과 타협은 싫어 당시 잘 나가는 문인들과는 교류하지 않고, 산속에 틀어박혀 자기 시만 썼어.

조명식 (덧붙인다) 그런데 산속에서 아무리 용을 써도 세상은 그를 알아주지 않았지. 잘 쓰는데 무언가 하나 부족했거든.

김진호 자기 세계만을 고수하려는 고집과 시로 이름을 날리고 싶어 하는 이율배반적 속물성은 그를 폐인으로 만들었지. 결국, 그는 사람이 아닌 호랑이로 변해 속세와 담을 쌓고 산속 짐승으로 살아가지. 많은 생각을 하게 하는 이야기야.

사이.

조명식 그러니까 네 말은 그 녀석들이 이징 같다는 거냐?

김진호 현실을 부정한다고 현실이 없어지니? 서른이 다 돼 가는데 학생이란 테두리를 못 벗어나는 건 겁쟁이일 뿐이야. 난 이징이 되고 싶진 않아. 스스로 고립된 산속의 호랑이는 되지 않을 거야.

조명식 어이가 없네! 없어!

김진호 뭐가 어이가 없어?

조명식 겁쟁이는 너지. 너야말로 보고 싶은 현실만 보는 거잖아?

김진호 내가 왜?

조명식 어이없이 높은 대학 등록금은? 전공을 살리기에 턱없이 부족한 인프라는? 아르바이트로 밤새 돈 벌지 않으면 등록금도 내기 힘든 생활은? 이런 걸 다 인정하고 현실에서 기어야 하는 거야?

김진호 나는…

조명식 (자르며) 그런 건 하나도 안 보고 그저 현실에만 안주하는 너야말로 산속의 호랑이야. 아니 호랑이는커녕 고양이도 못 돼!

김진호 목소리 좀 낮춰라. 그냥 내 생각을 말한 것뿐이야. 널 무시하는 것도 아니고…

사이.

조명식 그래, 네 말이 틀린 건 아니야. 불안해. 너처럼 정규적인 벌이 수단도 없고, 꼴에 결혼은 하고 싶은데… 불안하지. 타협하긴 싫으면서 등단은 하고 싶고… 뭐 하나 이룬 게 없네. 문창과도 이젠 없고 말이야. 이참에 철학과도 없어져야 해. 이윤나지 않는 건 아무짝에도 쓸모없잖아?

김진호 미안하다. 웃자고 부른 건데.

조명식 아니야. 너 임마, 승진했다며. 축하한다!

김진호 고마워. 판매 담당관인데 내 나이로는 거의 최연소라더군.

조명식 (일어나며) 안주도 다 먹었는데 이만 끝내자. 돈은 내가 낼게.

김진호 무슨, 승진했으니 내가 내야지.

조명식 됐어, 나도 돈 벌어 돈 번다고…! 그렇게 한가한 사람 아니야. 아줌마! 여기 계산이요!

조명식 퇴장.

김진호 (조명식을 안쓰럽게 바라보며) 힘내라.

장상엽 등장.

장상엽 야! 김진호. 택시 왔다! 빨리 나와!

조명식 (목소리만) 빨리 나와! 2차 노래방 가자. 노래방도 내가
쏜다!

김진호 (목소리를 향해) 알았다, 알았어!

김진호, 장상엽 퇴장.

6장.

한밤중 김진호의 방. 김진호와 이윤경은 침대 위에 나란히
걸터앉아 노트북으로 영화를 보고 있다.

이윤경 (영화를 보면서) 재미없네, 이거.

김진호 진짜 기대했는데 이렇게 지루할 수가.

이윤경 재미있어야 할 시간이 한참 지나지 않았어? 이게 무슨
예술영화도 아니고.

김진호 이제 후반부인데 언제쯤 긴장이 오려나.

이윤경 거의 종반부야.

김진호 시나리오 쓴 소설가가 워낙 유명하고 출연진도 유명
배우들이라 기대했는데.

이윤경 (웃음) 기대했다면서 왜 다운로드로 받아 봐?

김진호 정신없이 일하다 보니 이미 영화관 상영이 끝났더라.
너랑 같이 이렇게 보고 싶기도 하고.

이윤경 (단호하게) 영화만 보고 갈 거야!

김진호 (힘없이) 알았어.

이윤경이 말없이 미소를 짓는다.

김진호 갑자기 왜 웃어?

이윤경 아니 옛날 생각이 나서. 대학교 1학년 때 전국대학 문학상을 받았잖아, 소설로.

김진호 알아. 그것도 1학년이 등단했다고 난리가 났었지.

이윤경 그날 시상식이 끝나고 바로 어느 시인의 강연이 있었어. 그분은 영화를 보면서 영감을 얻기 때문에 주중 세 편 이상은 본다는 거야. (웃음) 어떻게 보냐면 인터넷에 제트파일인가 뭔가 하는 사이트가 있는데 거기에 등록하면 무료로 다운로드할 수 있다는 거야. 70은 되어 보이는 노인이 순박한 얼굴로 불법을 시인하는데 그게 얼마나 웃기던지. (사이) 영화 보는데 방해했네, 미안.

김진호 아니야. 영화보다 네 이야기가 훨씬 재미있다.

이윤경 등단한 지 8년이 넘었네. 근데 그 단편이 전부야. 지금은 중편소설 공모를 준비하고 있는데 그것도 몇 년을 떨어졌는지…

김진호 등단한 게 어디냐.

이윤경 (고개를 저으며) 작가도 아니고 직장인도 아닌 애매한 게 날 자꾸 위축시켜. 그래서 가끔은 네가 부러워. 앞만 보고 살잖아.

김진호 (나지막한 소리로) 작은 결과조차 안 나오니까 앞만 보는 거야.

이윤경 기분 상하게 할 의도는 아닌 거 알지?

김진호   상하긴 뭘. 진짜 난 아무런 성과도 못 냈으니까.

이윤경   괜히 이야기했네, 미안.

김진호   (화제를 돌린다) 영화 끝났다. 어려운 척 폼만 잡다 끝났네. 영화관에서 돈 주고 안 본 게 다행이다.

이윤경   그러게. 이제 가야겠다.

김진호   (의미심장하게) 맞다. 윤경아!

이윤경   왜?

김진호   나 이번에 판매 담당관으로 승진했다. 내 나이에 거의 최연소나 마찬가지고 큰 사고가 없으면 정년까지 안정적으로 갈 수 있어.

이윤경   진호야!

김진호   얘기해.

이윤경   (상냥하게) 직장이 삶의 완성은 아니잖아? 너무 그런 거에 연연하지 말자.

김진호   하지만 너랑 관계를 한때 추억으로 끝내긴 싫어.

이윤경   (웃음) 그렇게 안 끝내면 되잖아.

김진호   그러려면 구체적인 계획이 있어야 해. 막연한 것만으로는 아무것도 이룰 수 없어.

이윤경   진호야, 우린 아직 젊잖아.

김진호   마냥 젊은 나이도 아니지. 내일모레면 서른이야. 책임감 있게 살고 싶어. 나한테 넌 중요해.

이윤경   고마워. 근데 진호는 아무래도 현재를 즐겨야 할 것 같다.

김진호   현재를 즐겨? 지금도 즐기고 있는데?

이윤경   미래를 위해 열심히 노력하는 건 좋지만 우리는 지금
이 순간을 살고 있잖아.

김진호   알긴 하지만… 말처럼 쉽게 고쳐지진 않네.

이윤경   나도 그래. 말은 이렇게 해도 마음 한편은 늘 불안하니
까. (살짝 입을 맞춘다) 서로 노력하자. (일어난다) 나 갈게.

김진호   (함께 일어나며) 조금만 더 있으면 안 돼?

이윤경   아르바이트가 내일 아침에 있어.

김진호   (무언가 겁에 질려) 혼자 있으면 자꾸 그게…

이윤경   그게 뭐? 혹시 나 몰래 다른 여자 오는 거야?

김진호   (고개를 흔들며 어색한 웃음) 아니야. 집 앞까지 데려다 줄게.

이윤경   혼자 갈래. 그리고 혼자 좀 걷고 싶어.

김진호   그래라. 그럼 조심해 가.

이윤경   (현관 쪽으로 가면서) 진호도 빨리 자.

이윤경 퇴장한다.

김진호   그래, 과거일 뿐이야. 과거는 돌아오지 않아.

김진호는 노트북을 끄고, 침대에 눕는다.

김진호   (불안하여) 현실이 아니야. 현실이 아니야. 현실이…

김진호는 침대에서 일어나 현관문이 잠겨있는지 확인한다. 자동식 잠금장치는 잠겨있지만, 수동식은 열려있다. 김진호는 수동식마저 잠가버린다.

김진호   (침대로 가면서 혼잣말) 자동식 수동식 다 차단했으니까 들어오지 못할 거야. 그건 과거니까 구식인 수동식까지 차단하면 괜찮을 거야.

김진호는 침대에 누워 다시 잠을 청한다.

김진호   그래, 오지 못할 거야. 그건 과거니까.

그 순간, 장상엽은 옷장 문을 박차고 나온다. 그는 군 전투복이 아닌 군 활동복을 입고 있다.

장상엽   (김진호의 멱살을 잡고) 야! 내가 통신장비 주파수를 전부 맞추어 놓으라 했지? 왜 내 말이 말 같지 않아?

김진호   하, 하려고 했는데. 주, 중대장님께서 네 주특기가 아닌데 왜 하냐며 장상엽 사, 상병님이 하라고 하셨습니다.

장상엽   (뺨을 때린다) 중대장이랑 전 간부 다 있는 앞에서 통신장비 맞추고 끄적거리고 있으니 그런 말이 나오지 새끼야! 야! 솔직히 말하자. 너 일부러 동정표 호소한 거

51

잖아.

김진호   저, 절대 아, 아닙니다.

장상엽   (비꼬며) 나 일병 김진호는 인사가 주특기입니다. 통신
         이 아닌데, 장상엽 그 대학도 못 나온 무식한 놈이 이
         일까지 시켰습니다. 간부님들, 그 나쁜 새끼를 혼내주
         세요. (웃음) 근데 어쩌지? 간부들이 내가 너한테 시킨
         거 모르는 줄 알아? 그냥 모른척하는 거야. 사회 나가
         면 너 하고 싶은 거만 하면서 살 수 있을 것 같아? 그
         건 이기심이야, 새끼야. 더러운 망상이라고!

김진호   그, 그런 뜨, 뜻이 아닙니다.

장상엽   (일어나면서) 난 일단 통신 주파수 맞추러 간다. 요새 잘
         해주니까 늘어졌나본데 끝나고 보자.

         장상엽은 다시 옷장 문을 열고 들어가려다 멈춘다.

장상엽   (옷장 안을 바라보며 나지막하게) 진호야…

김진호   (공포와 경멸이 담긴 표정으로) 예…

장상엽   너 힘든 거 안다. 내가 진짜 개새끼지, 그렇고말고. 근
         데 말이야, 어쩔 수가 없어. 밖에 나가면 하치인 내가
         유일하게 군림할 곳은 여기뿐이야. 난 대학갈 돈도 없
         거든. 이해해 달라고 바라지는 않아, 그냥 그렇다고!

김진호   (그의 뒷모습을 쳐다본다)

장상엽   출세해라, 꼭 출세해. 나중에 내가 네 소식 들으면 박
탈감 느낄 정도로 출세해. (고개를 돌려 김진호를 바라보면
서) 그게 최고의 복수야. 예전에 막노동하면서 나보다
머리 하나 작고 왜소했던 공사판 감독관이 얼마나 무
섭던지… 잡소리가 많아졌네. 간다.

장상엽, 옷장 속으로 퇴장. 순간 김진호는 황급히 일어난다.

김진호   (일어나 식은땀을 닦으며) 봐야만 해. 그 자식을 직접 봐
야 해.

7장.

한적한 시골, 고랭지 농장의 배추밭. 무대 한쪽 정자에 김진호가 고급 양복을 입고 의젓하게 앉아 있다.

김진호   (배추밭을 바라보며) 농사일하고 있구나. 결국 배추나 기르는 거냐.

김진호의 양복 주머니에서 핸드폰 소리가 난다.

김진호   (전화를 받고) 여보세요? 무슨 일이야? (사이) 아주머니가 또 고소한다며 떠든다고? 이봐요, 지금 억울함을 호소할 만한 물증이 있어? 그 아주머니가 쓴 진술서에도 뚜렷한 내 잘못은 없잖아? 그리고 장부 서류 그런 건 직접 판매원이 관리하는데 무슨 수로 관리자인 우리를 건드리겠어? (사이) 뭐라고! 진술서는 내가 시킨 거라 우긴다고? 그 진술서는 아무도 없는 회사 회의실에서 그 아주머니 혼자 썼는데 무슨 소리야. (사이) 그래, 무시해버려. (사이) 그래, 수고해라. (전화를 끊는다) 멍청한 놈. 일 한두 번 해보나…

장상엽   (목소리) 진호 형!

김진호   (놀람과 긴장이 섞인 표정) 상엽아?

장상엽, 농사일에 편한 옷을 입은 채 돗자리를 들고 등장한다.

장상엽   (서글서글한 인상에 웃음이 가득하다) 형, 진짜 오랜만이다! 미리 전화하지 그랬어?

김진호   일 때문에 정신이 없어서… 오랜만이다.

장상엽   신수가 훤해졌는데? 좋은 직장 다녀서 그런가?

김진호   좋긴… 그냥 먹고 사는 거야.

장상엽   (돗자리를 정자에 펴며) 좋은 양복 먼지 묻겠다. 돗자리에 앉아.

김진호   그러자.

장상엽은 정자에 돗자리를 깔고 김진호와 함께 그 위에 앉는다.

장상엽   집에 초대하고 싶은데 집사람이 산후조리 중이야. 미안해. 좀 있다 농사일 잠깐 뒷마무리하고 근처 밥집에서 식사나 하자. (웃음) 술은 다음에 꼭 먹기로 하고.

김진호   아니야. 회사 일로 근처에 온 김에 네가 여기 산다고 해서 잠깐 얼굴이나 보러 온 거야.

장상엽　그렇구나. 보고 싶었어, 형.

김진호　그래? 고맙네. (주머니에서 담배를 꺼내 피려 한다)

장상엽　진호 형⋯ 미안하지만 농장에서 담배는 안 돼. 이해해 줘. 유기농으로 키우는 거라 이것저것 세심하게 챙겨야 해서.

김진호　(담배를 다시 넣으며) 알았다.

장상엽　담배 끊어. 몸에 안 좋잖아.

김진호　너한테 배운 거야, 임마.

장상엽　그런가? (머리를 긁적이며) 내가 나쁜 것만 알려주었네. 나는 전역하고 바로 금연했는데 말아야.

김진호　정작 너는 끊고 난 못 끊었네. 재미있다. (화제를 돌려) 잘 지내?

장상엽　전역하고 몇 년 방황했는데⋯ 지금은 잘 지내. 형은?

김진호　뭐 그럭저럭⋯ 농사일은 잘돼?

장상엽　먹고사는 데 무리는 없어. 처음에는 경험이 없어 고생했는데 하다 보니 익숙해지더라. 약 같은 거 안 치고 유기농으로 해서 번거롭긴 하지만 그래도 요새는 유기농이 잘 팔려서 매출도 조금씩 오르고 고생한 만큼 보람은 있어.

김진호　(고개를 끄덕이며) 잘됐네. 농사는 어떻게 하게 된 거야?

장상엽　아버지가 하시던 일이야. 공장도 가 보고 경비도 해보고 이것저것 했는데 그러면서 이리 치이고 저리 치였지 뭐. 사는 게 생각보다 어렵더라.

김진호 (안타까움을 표하지만 기분이 좋다) 고생 많았구나.

장상엽 그러면서 열등감은 점점 커지고. 비교 비교 비교 결국 아버지한테 돌아와 일을 배웠어. 그렇게 아버지 일이 싫었는데 말이야.

김진호 지금은 만족하잖아?

장상엽 그래. 참 이상하지? (진지하게) 근데 엄청 신기하더라. 야채는 말이야, 뭐든지 소중히 다루어 가면서 키워야 해. 씨만 좋아선 안 돼. 거름도 좋아야 하고 주는 물도 좋아야 하고 무엇보다 토양도 건강해야 좋은 채소가 나와. 정성을 들인다는 말로는 부족하고… 뭐랄까… 맞다, 존중해야 해.

김진호 행복해보여 좋구나. 연락하지 그랬어. 행정병들 전역하면서 서로 연락처 교환했잖아.

장상엽 정말 전화할까 몇 백번은 마음먹었는데 용기가 나지 않더라. 내가 형한테 한 게 있잖아. 자꾸 그게 마음에 걸렸어. 그래도 먼저 형한테 전화했어야 했는데 나 참 겁쟁이지?

김진호 그때가 언젠데… 생각도 안 난다. 앞만 보고 살기도 바빠. 그런 거 더 이상 신경 쓰지 마.

장상엽 그래도… 전역하고 계속 그게 죄책감이 되어 괴로웠어. 분명 내가 꿀려서 그랬던 거야. 그냥 철없는 내 열

등감 때문이었어.

김진호 다 지난걸 뭐 새삼스레… 괜찮아.

장상엽 (머리를 긁적이며) 나 그때 강한 척한 거야. 사실, 형이 무서웠거든. 안 그런 척, 강한 척하기도 정말 힘들었어.

김진호 내가 무서워? 그렇게 팼으면서?

장상엽 뭐랄까…? 그렇게 맞으면서도 끝까지 형 색깔 고수했잖아. 내가 되레 얻어터지는 느낌이었어. 끝없이 날 경멸하고 있다는 느낌이랄까…

김진호 (비웃음) 시골에 있더니 철학자가 다 됐네.

장상엽 철학은 무슨. 그냥 사는 것에 대한 생각이 달라진 거지. 달라지니까 무엇보다 내가 행복해서 좋아.

김진호 결혼한 거 부럽다.

장상엽 좋긴 하지만 걱정도 많이 돼. 그래도 열심히 살려고. 형은 만나는 분 있어?

김진호 있지. 너도 알 거야.

장상엽 아, 군대 때 면회 왔던 여자분?

김진호 그래.

장상엽 정말 오랫동안 만나네. 결혼할 거야?

김진호 하면 좋지. 근데… (화제를 돌린다) 이만 가야겠다.

장상엽 벌써? 고작 몇 마디 한 거밖에 없는데.

김진호 일 때문에 가 봐야 해. 사실 짬 내서 온 거라… (일어나며) 나중에 시간 되면 다시 보자.

장상엽　그럼, 지금 내려가서 밥이라도 먹자.

김진호　(건성으로) 아쉽네. 다음에 술이나 한잔하자.

장상엽　(일어나며) 그래 형. 꼭 그러자.

김진호　그럼 간다.

장상엽　진호 형, 정말 반가워. 형한테 할 말 진짜 많아.

김진호　그래, 잘 있어.

장상엽　잘 가, 형. (손을 흔들며) 꼭 다시 보자!

　　　　　장상엽은 김진호의 뒷모습을 바라보다 퇴장하려 한다.

김진호　(갑자기 돌아서서) 상엽아!

장상엽　왜, 형?

김진호　그냥 가려고 했는데… 이 말은 꼭 해야 할 것 같다. 안 하면 평생 후회할 것 같아서.

장상엽　무슨 말인데?

김진호　(경멸스럽게) 야! 너 나한테 미안해할 필요 전혀 없다. 나도 너한테 미안했던 적, 단 한 번도 없었으니까.

장상엽　무슨 말이야…?

김진호　난 너를 군대 내내 무시했거든. 밖에 나가면 인생 하치일 놈, 허세 부리고 발악하는 꼴 재밌었다. 그리고 사회적응 못 해 배추밭으로 도망친 주제에 존중이 어쩌니 하며 쌩쇼를 하네. 군대 때 그 위세는 다 어디 갔냐?

장상엽	형님 난…
김진호	겉으로만 널 따르면서 철저하게 선 그은 거, 한 번도 후회한 적 없어! 지금도 그렇고. 그러니까 미안해할 필요 없어!
장상엽	형…
김진호	그리고 군대에서 네가 말한 그 엿 같은 법칙들 말이야? (강박적으로) 틀린 게 아니야. 밖에 나와 보니까 그게 맞아! (비웃으며) 너처럼 낙오되는 놈들이 있어서 문제지!

사이.

장상엽	(고개를 숙이고 힘없이) 미안해, 형.
김진호	그러니까 미안해 어쩌고 그딴 개소리 하지 말자. 그게 날 존중하는 거야, 알았지!
장상엽	미안…
김진호	(자르며, 큰 소리로) 그놈에 미안하단 말, 하지 말라니까!
장상엽	형 난…
김진호	(자르며, 절규에 가까운 고함) 알았냐고!
장상엽	(안타깝게 바라보며 고개만 끄덕인다)
김진호	다음에 보자니 한 말 다 마음에 없는 소리야. 다시는 보지 말자. 밥 먹자고? 꿈에도 보기 싫다. 밥맛없어. 간다.

김진호 퇴장.

장상엽　미안해 형.

장상엽은 김진호가 퇴장한 곳을 바라보다 쓸쓸히 퇴장한다.

8장.

심야, 김진호의 방. 현관 잠금장치는 신식 구식 모두 잠겨 있고, 장롱문은 빗장으로 닫혀있다. 침대 위에는 김진호가 누워 있다.

김진호 (얼굴에는 식은땀이 가득하다) 나만 그런 게 아니라 전부터 그렇게 다 넘어갔던 거야. 나만 그런 게 아니라 전부터 그래 온 게 관례야. 관행이야. 내 탓이 아니라고!

식품판매원의 환영이 베란다 창문을 열고 들어온다.

식품판매원 (멍한 눈으로 김진호를 바라보며) 담당관님… 담당관님. 담당관님이 시킨 대로 썼는데 저 잘렸어요. 어떡하죠? 이 나이에 다른 일을 찾기도 힘들어요.

김진호 (깨어나기 위해 몸부림친다) 제가 아니라도 그리되었을 거예요. 제가 아니라도…

식품판매원 그런 말이 무슨 소용이죠? 절 자른 건 결국 담당관님이잖아요? 담당관님이 한 거죠. 담당관님이 직접 절 자른 거예요.

김진호 어쩔 수 없었어요. 아주머니도 제 위치면 이해할 수밖에 없어요.

식품판매원 젊은 분이 사실대로 말하는 게 그렇게 겁이 났나요? 식품 유통기한은 그쪽에서 관리하는 거잖아요. 담당관님… 담당관님…

김진호 전 그동안 쌓아온 게 많아요! 저는 그동안 쌓아온 게 많아 앞만 보고 살기도 바쁘단 말이야…!

식품판매원 아이들 학비는 이제 어떡하죠? 맞벌이로 겨우 벌어먹고 있는데 우리 아이들은 어떡하죠? 제 말 좀 들어 주세요. 담당관님… 담당관님… 제 말 좀 제발 들어주세요.

김진호 그럼, 저 말고 위에 가서 말하세요! 위로 가서 말하라고요!

식품판매원 위가 어딘가요? 젊으신 담당관님이 위 아닌가요?

김진호 저보다 더 위요.

식품판매원 담당관님보다 더 위로 가고 싶어도 담당관님 선에서 끝나요. 위에 가서 아무리 말하고 싶어도 말할 수가 없어요. 윗분은 다시 담당관님에게 말하래요. (한이 맺혀 운다) 그러니 말을 할 수가 없어요. 어떡하죠? 담당관님… 담당관님…!

김진호 저는…몰라요… 저는 몰라요. 그래봤자 지시에 따르는 직원일 뿐이에요. 제가 뭘 알겠어요? 제가요!

식품판매원 어떡하죠? 담당관님… 담당관님…!

김진호 몰라요! 모른다고요!

식품판매원 모르면 알아야죠. 알아봐야죠. 담당관님이 알아야죠!

김진호 제가 뭘 알아야 한다는 거예요! 알 필요도 없고 알고 싶지도 않아요!

식품판매원은 베란다로 가서 밤하늘의 달을 본다.

식품판매원 달이 참 예뻐요. (울고 웃는다) 담당관님, 다음에 다시 올 게요. 그땐 제 말을 들어주세요. 알겠죠? 그땐 꼭 제 말을 들어주셔야 해요.

식품판매원, 베란다 창문으로 올라간다.

식품판매원 (창문 난간에 매달려) 그땐 꼭 제 말을 들어… 주세요. 알겠죠?

식품판매원, 난간에서 떨어지면서 퇴장한다.

김진호 오, 오지 마세요. 다시는 오지 마! 제가 아주머니를 위해 할 수 있는 건 아무것도 어, 없어요.

장롱 속에서 문 두드리는 소리가 난다.

조명식 (목소리) 고양아, 어디로 갔니?

김진호 고양이는 여기 없어!

조명식 (목소리) 고양아! 고양아!

김진호 아니야! 없단 말이야!

조명식 (목소리, 기괴한 웃음) 호랑이 말고 고양이!

김진호 아니라고!

조명식 (목소리) 고양아 어디 있니?

김진호 난 고양이가 아니야!

조명식 (목소리) 산속에 호랑이는커녕 좁은 방에 갇힌 고양아!

김진호 (절규) 아니라고!

조명식 (목소리) 호랑이는 죽어 없고, 고양이는 어디 갔니? 호랑이는 죽어 없고, 고양이는 어디 갔을까?

김진호 여긴 호랑이도 고양이도 없어!

장롱 속 목소리는 점점 작아지다가 들리지 않는다.

김진호 현실이 아니야. 현실이…!

순간, 현관문의 자동 수동 잠금장치가 모두 저절로 열린다.

장상엽 (목소리, 콧노래를 부르며) 진호야! 우리 진호! 이 선임이 땡볕에서 군장 돌고 왔는데 넌 쳐 자고 있네. 개념 밥 말아 먹은 새끼야! 지금 잠이 오냐?

완전 군장을 한 장상엽, 현관문으로 등장한다. 그는 누워있는 김진호에게 달려가 총 개머리판으로 김진호를 가격한다.

김진호 (고통과 공포로 아무것도 할 수가 없다) 장, 장상엽 상병님…

장상엽 땡볕에 완전 군장으로 연병장을 세 시간이나 돌았다. 내가 이걸 왜 해야 되냐? 그 이유를 한번 말해 봐.

김진호 잘못했습니다.

장상엽 (개머리판으로 복부를 한 번 더 친다) 이 자식은 뭐만 하면 잘못했데. 내가 지금 그런 말 듣고 싶어 이러는지 알아? 그리고 잘못 어쩌고 하면 반 죽여 버린다고 했지? 이 새끼 이제 군 생활 좀 아나 했는데 아직도 멀었네.

김진호 아닙니다.

장상엽 (멱살을 잡고) 그럼 제대로 했어야지! 내가 늘 말했지? 당근을 줄 땐 확실히 주고 갈굴 때는 확실히 박살을 내야 한다고. 뭐 하나 어설프니까 그 새끼들이 고발해서 군장이나 쳐 돌고 있는 거 아니야! 왜? 나 영창 갈 줄 알았냐? 안 간다니까? 낼 모레 사단장 오고 장교, 부사관들 승진 날인데 긁어 부스럼을 왜 남겨?

장상엽은 계속 김진호를 괴롭힌다.

장상엽 (갑자기 정신 나간 사람처럼 웃으며) 아, 그리고 너 며칠 전에… 제대한 장상엽이 만나서 온갖 폼은 다잡더라. 왜? 이미 전역한 놈 가지고 화풀이라도 하면 과거의 네 굴욕감이 좀 지워질 줄 알았냐? 스스로 좀 있어 보였어? 그런데 어쩐다. 그놈은 이미 딴사람이 되었는데. 진호야, 그 장상엽이가 나 같으냐? (사이) 전혀 다른 사람이야, 새끼야. 다른 사람이라고!

김진호 아니야, 그건… 너였어. 지금에 너는 가짜고 그게 진짜야!

장상엽 멍청한 새끼, 이젠 안타깝다. 그만 해라! 이 등신아!

장상엽은 손수건을 꺼내 김진호의 땀을 닦아준다.

장상엽 내가 널 찾아온 게 아니야… 네 스스로가 날 만들어 널 옥죄는 거야. 늘 네가 보고 싶은 것만 보니까. 넌 이 공포를 즐기는 거라고! 스스로 널 속박한 거지. 그럼 편하거든. 이제 제발 그만 좀해라. 찾아오기도 지겨워. 너도 지겹지 않니?

김진호 부탁해, 제발 사라져 줘…!

장상엽 그래, 오늘은 이만 간다.

장상엽은 현관문 쪽을 걸어간다.

장상엽 (현관문 밖을 바라보면서) 그리고 네가 바뀌지 않는 이상 난 항상 널 찾아올 거야. 난… 너니까… 넌 나고 말이야.

장상엽 퇴장. 현관문이 저절로 닫히고 신식, 구식 잠금장치가 모두 잠긴다. 가까스로 김진호는 악몽에서 깨어나 책상으로 가서 서랍을 연다. 그리고 핸드폰을 꺼내 이윤경에게 전화한다. 벨이 울린다.

김진호 (몸을 떤다) 윤경아… 제발 좀 받아.

무대 가장자리에 조명이 비취고, 그곳에서 잠옷을 입은 채 전화를 받는 이윤경 등장.

이윤경 (아직 잠이 덜 깬 상태) 진호야, 이 시간에 무슨 일이야?

김진호 (떨리는 음성) 분명히 직접 만나서 그 녀석과 결판을 냈는데 아직도 사라지지 않아!

이윤경 결판냈다니, 사라지지 않다니? 무슨 소리냐? 침착하게 말해봐!

김진호 윤경아…, 그놈이 계속 나타나.

이윤경 그놈이! 누가?

김진호 이젠 완전히 다른 사람이 되었는데도 떨어지질 않아!

이윤경 대체 무슨 소리를 하는 거야? 진호야, 정신 차리고 차

근차근 말해! 누가 널 협박했어?

김진호 (온몸을 떨며) 협박이 아니야…

김진호는 손에 핸드폰을 든 상태로 쭈그려 앉는다. 그리고 다른 손의 엄지손톱을 물어뜯는다. 주변에는 핏빛 조명이 비춘다. 그것은 마치 어머니의 자궁 속 태아 같다.

김진호 (고해성사하는 것처럼) 과거의 그놈은 내 속에 망령이 되어 살아 있어. 죽어버려야 하는데 죽지를 않아!

이윤경 망령?

김진호 과거의 그놈이 내 속에 망령이 되어 살아 있어. 과거의 그놈이 내 속에 망령이 되어 살아가고 있어. 과거의 그놈이 내 속에 망령이, 망령이, 망령이…

김진호는 같은 말을 반복한다. 그리고 이윤경의 반대편 가장자리에는 완전 군장을 한 장상엽이 등장한다. 이윤경은 걱정스러운 표정으로 김진호를 바라보고, 장상엽은 미소를 지으며 아직도 군 생활을 하고 있는 김진호를 찬찬히 살펴보고 있다.

막.

국화

김하나

등장인물

국화(40대 후반) : 술집 마담. 20살 때 사창가에 팔려와
　　　산전수전 다 겪고 술집을 운영하는 암 말기.

태식(20대 후반) : 유흥가에서 잘나가던 조폭이었으나
　　　여자에게 배신당해 모든 걸 잃고 쫓겨 다니는 난폭
　　　한 성격. 국화의 또 다른 동거남.

용구(40대 후반 50대 초) : 사고로 장애를 얻어 순수한
　　　어린아이 같지만 온몸에 문신이 있는 과거가 의심
　　　스러운 국화의 동거남.

고은(19살) : 엄마가 술집에 애를 놓고 도망가 그 뒤로
　　　매일 같이 국화 집을 자기 집처럼 드나들며 술집 아
　　　가씨가 꿈이라는 꼴통 사생아 고등학생.

동재(20살) : 가정폭력으로 한쪽 시력을 잃고 학교도 포
　　　기한 채 슈퍼일 돕는 동재. 고은을 짝사랑한다.

무대 앞, 술집 뒷길로 보이는 곳. 20대 중반의 젊은 남자가 찢어지고 피 묻은 옷을 입고서 비틀거리며 서 있다. 한 손에 술병을 들고 있는 그는 만취 상태이다. 알 수 없는 말을 중얼거린다. 필시 욕이 섞인 주정이다. 그런 태식 앞에 마담 국화가 서 있다.

국 화 너 나랑 살자. 내가 암 환자라 몇 개월 못 살 거든. 재수 없으면 2년? 내가 가진 거 하나도 빠짐없이 다 줄게. 너 나랑 살자. 갈 데 없잖아. 받아줄 곳도 없잖아. 나랑 살자.

국화가 태식을 품에 안는다.

태 식 왜 이래?
국 화 같이 살자. 우리.

암전.

요란한 알람 소리와 함께 무대 밝아지면 허름한 양옥집의 실내. 상·하수에 방이 하나씩 있다. 상수 쪽 국화의 방, 하수쪽에 있는 방은 태식이 지내고 있는 공간이다. 상수 뒤쪽에 화장실 겸 욕실이 자리 잡고 거실을 중심으로 뒤에 주방이 있다. 주방과 화장실 사이에 밖으로 나가는 문이 있다.

거실에 태식이가 혼자 앉아 술을 마신다. 국화가 술에 취해
들어온다. 소주를 들고서 방으로 들어간다.

암전.

태식이가 혼자서 술을 마신다. 용구가 옆에 앉아 있다.

암전.

조명이 들어오면 교복을 입은 고은이 핸드폰 게임을 하고 있
다. 용구가 앞치마를 하고서 청소 중이다. 용구가 고은이 옆
으로 가 핸드폰 게임을 구경한다.

용구	오⋯ 오른쪽⋯
고은	아⋯ 아씨.
용구	아⋯ 아⋯ 아이템⋯
고은	아! 깝.
용구	드⋯ 드럽게 못 해.
고은	야!

고은이 주먹을 들자 놀라는 용구.

고 은   뿅~

용 구   고은이는… 학… 학교 안… 가?

고 은   갔다 왔어.

용 구   11시인데?

고 은   갔다 왔다고.

이때, 문밖에서 누군가 구르는 듯한 소리와 함께 비명이 들린다.

용 구   왔다.

용구가 문을 열어주자 두 손 가득 봉지를 들고 오는 동재.

고 은   저 새끼는 눈깔빙신 티내는 것도 아니고.

용 구   (반갑게 달려가며) 왔다.

동 재   오늘은 카레 하나 봐?

용 구   카레 맛있어. 카레.

용구가 재료들을 들고 분주히 정리하러 다닌다.

고 은	왜 이제 와?
동 재	나도 바빠.
고 은	내놔.

동재가 봉지를 내민다.

고 은	뭐야? 야 없잖아.
동 재	안 돼. 국화가 알면 나 죽어
고 은	나한테 죽어볼래?
동 재	안 돼.
고 은	쫄보. 꺼져
동 재	야! 줘야지
고 은	뭘?
동 재	주기로 했잖아.
고 은	야, 담배 안 가져왔잖아. 꺼져
동 재	(봉지 뺏으며) 그럼 이거도 안 돼.
고 은	오~쪼잔.
동 재	전에도 안 줬잖아.
고 은	알았다 알았어. 대.

동재가 입술을 내민다.

고 은   볼 대라.

동 재   응.

고은이 입을 맞추려 하자 팬티 바람의 태식이 나온다.

태 식   남의 집에서 뭐하냐?

고 은   (태식을 보곤) 야! 옷 좀 입어!

태식이 봉지에서 과자를 꺼내 먹는다.

고 은   내 꺼거든!

태 식   너희 집 가라.

용 구   흘리면 안… 안 돼 태식아.

고 은   어디서 저런 개 양아치를 주워와서는! 야. 너 엄마가
          주워왔다지만, 엄연히 내가 먼저야. 서열 제대로 지켜!

동 재   고은아, 내가 과자 사줄게.

고 은   야! 내가 과자 때문에 이래? 넌 눈치도 없냐? 눈깔이
          병신이면 눈치라도 챙겨!

태 식   오. 라임 좋고.

고 은   이게! 너 오늘 죽을래?! 과자 내놓으라고!

동 재   고은아. 그러지 마.

용 구   흘… 흘리지 마. 안 돼.

태식이 짜증내며 과자를 용구 얼굴에 던진다. 짧은 욕설을
뱉으며 밖으로 나간다. 국화가 방에서 나온다.

국화   어디 가?

태식이 한숨을 내쉬며 나간다.

고은   야, 너 어디가! 엄마, 쟤 왜 뭔데? 엄마 남친도 아니라
        며! 맨날 집에서 먹고 쳐 놀기만 하는데 왜 주워와!

동재   고은아. 진짜 그만해.

고은   하루 이틀도 아니고 벌써 육 개월이야. 맨날 술이나 쳐
        마시고, 자기가 하는 게 뭔데? 뭔데 나한테 시비 털어!

국화   너 학교는?

고은   지금 학교가 문제야? 저 새끼 밖에서 뭐하던 놈인지
        엄마도 모르잖아. 이 동네 벗어나는 꼴도 못 봤어. 휴
        대폰 울려도 안 받아! 구려도 더럽게 구린 놈이라고!

국화   학교 가.

고은   엄마!

국화   그렇게 부르지 말랬지? 왜 내가 네 엄마야.

고은   언니들 다 그렇게 부르잖아. 나도 엄마라고 할 거야.

국화   그럴 일 없어. 부르지 마.

고은   엄마는 오히려 반대여야 하는 거 아니야? 나처럼 이쁜

애가 가게 들어가면 매상도 오르고 얼마나 좋아! 게다가 나 아직 처녀야!

국 화 (현금 쥐어주며) 심부름 고맙다. 이왕 심부름하는 거 쟤 좀 데리고 나가.

고 은 엄마!

동 재 나가자. (국화에게) 또 배달할 거 있으면 전화주세요. (고은을 끌고 가며) 가자.

고은과 동재가 나간다.

국 화 카레 해 먹게?

용 구 화났어?

국 화 화… 났어.

용 구 화내면 아파.

국 화 걱정 마. 곧 죽을 거라 괜찮아.

용 구 죽으면 안 아파. 국화 빨리 죽어야 하는데.

국 화 그런데, 죽으면 용구가 해주는 카레 못 먹으니깐 그게 아쉽다.

용 구 그럼 나도 죽을까? 같이 죽을까?

국 화 (웃으며) 아니. 넌 절대로 죽지 마. 죽어서까지 같이 살긴 싫어.

용 구 국화가 싫으면 나도 싫어.

국화   태식이 밥 잘 챙겨주고, 싸우지 말고.

용구   태식이 너무 더러워. 흘려. 화내.

국화   용구가 형이잖아.

용구   국화는 태식이 좋아?

국화   아무도 태식이 안 좋아해.

용구   왜 데려왔어? 다시 제자리에 놓으면 안 돼?

국화   아무도 안 좋아하니깐. 용구처럼. 용구랑 똑같아서 데리고 온 거야.

용구   나는 국화가 좋아.

국화   좋고 싫고는 상관없어. 언제든 같이 있다는 게 중요한 거야.

용구   국화랑 용구처럼.

국화   갔다 올게.

용구   화… 올 때… 국… 국화빵… (웃는다)

국화가 나간다. 알람이 울린다.

용구   밥! 밥 먹을 시간이다. 카레 카레. 아, 태… 태식아 밥 먹자. 태식아. 태식이 밥 줘야 해. 태식이. 태식아 밥 먹자.

태식   (소리) 그만 불러! 내가 개새끼야?!

용구   태식이. 개새끼. 아… 개는 버리면 안 돼. 태식이 들어와! 밥 먹자!

태 식   야 이!

용구가 프라이팬을 두드리며 태식을 부르고 태식이 욕을 하
며 집으로 들어온다.

암전.

국화가 혼자 앉아 있다.

소 리   이도희 씨! 이도희 씨! 안 계세요? 이도희 씨?
국 화   아! 여기요!

국화 일어나 들어가려다, 멈칫한다.

국 화   이도희…

암전.

태식이 혼자서 술을 마신다. 국화가 술에 취해 들어온다. 소
주를 들고서 방으로 들어간다.

암전.

조명이 밝아지면 저녁, 음악 소리와 함께 고은이 춤을 춘다.
고은을 구경하는 용구와 동재.

고 은   어때?

용 구   최고!

동 재   어. 완전 예뻐.

고 은   미치겠지? 남자들이 뻑 넘어가겠지?

동 재   남자들이?

고 은   요즘 에이스들은 얼굴만 이쁘다고 되는 게 아니야. 이
         정도 매력 어필은 돼야 팁도 팍팍~ 알겠어?

동 재   춤 이상해.

고 은   뭐?

동 재   너 몸치야. 추지 마.

고 은   뒤지려고!

용 구   나 잘 춰.

동 재   그래 용구가 더 잘 춰.

용 구   응!

고 은   동재야. 너 슈퍼에서 얼마 버니?

동 재   몰라. 그런 거.

고 은   집은 사겠니?

동 재   안 쓰고 계속 모으면…

고 은   속 좋은 소리 한다. 꿈의 나라니? 모으면 모이게? 집은

과자 집이야? 야, 생각 잘해. 이쁠 때 꽉꽉 벌어서 집도
사고 차도 사야 될 거 아니야. 남들처럼 대학 가고 취
업 준비하다간 꽃다운 20대 그냥 훅 가는 거야. 그러다
30대 되잖아? 그래도 돈이 없어요. 왜? 집값은 계속 오
르거든. 월급은 그대로고. 40대 되잖아? 그래도 돈이
없어요. 왜? 나가는 돈은 늘어나거든! 그러니깐 20대
때, 돈을 끌어 모아야 해. 그래야 40대 돼서 떵떵거리
고 사는 거야. 취업이 꿈은 아니잖아? 돈이 꿈이지. 안
그래 용구?

용구   나 춤 잘 춰!

고은   오케이 넌 내 백댄서! 용구 음악 틀어! 렛츠고!

용구   레… 렛츠고!

태식이 나온다.

태식   잠 좀 자자!

고은   아… 옷 좀 입으라고!

태식   가. 집에 가!

고은   네가 뭔데 가라 말라야! 나 엄마 보고 갈 거야.

태식   그럼 구석에 쳐 자빠져 있던가!

용구   태… 태식이 레… 렛츠고!

태식   어이 용구. 물

용구	물? 물.
고은	어이 용구! 음악 렛츠고!
용구	레… 렛츠고!
태식	물!
고은	렛츠고!
용구	아… 물 렛츠고.
태식	(고은에게) 이게 진짜!
동재	형, 죄송해요. 고은아 이제 집에 가자.
고은	너나 가! 난 여기 있을 거야.
태식	너, 오늘 학교 안 갔지?
고은	뭐?
태식	오늘도 학교 안 가고 가게들 기웃대다가 술도 좀 마시고 용돈 벌이하고 온 거네? 맞지?
고은	뭐… 뭐래?
태식	너한테서 싸구려 술집 냄새나. 향수 아무리 뿌려도 몸에 밴 양주 구린내는 안 빠져. 국화가 모를 거 같냐?
고은	에이. 엄마한테 말하기만 해봐! 진짜 죽어!

고은이 나간다.

동재	형, 가볼게요.
태식	요즘 것들 진짜. 뭐해. 물!

용 구 어, 물.

알람 소리.

용 구 약! 약 먹을 시간.

태식에게 주려던 물로 약을 먹는 용구.

태 식 이 쉑…! 됐다.

태식이 소주를 가져와 마신다. 용구가 주방으로 뛰어가 안주를 들고 온다.

태 식 안 먹어
용 구 다… 다른 거 해줄까?
태 식 안 먹는다고.
용 구 머… 먹어. 비… 빈속에 먹으면 아파. (안주를 집어서 내민다) 아~
태 식 아이씨. 됐다고.
용 구 먹어. 국화처럼 아… 프면 안 되잖아. 국화 술 먹고 매일 아파. 안주도 안… 안 먹어. 아픈 거 안 좋아.
태 식 너, 아냐?

용 구 뭘?

태 식 국화 어디가 아픈지. 그래서… 그러니깐.

용 구 국화 마… 많이 아파 그래서 주… 죽어야 해. 죽으면 안 아파

태 식 너 죽는 게 뭔지는 아냐.

용 구 어. 국화가 가르쳐 줬어.

태 식 뭔데?

용 구 안 아픈 거.

태 식 그렇지. 안 아프지.

용 구 아픈 거 싫어. 국화가 안 웃어. 죽으면 안 아프다고 했어. 근데… 죽으면 나랑 같이 못 살아. 하늘에서 살아야 해. 나는 못 가.

태 식 너도 죽어 그럼.

용 구 나랑 살기 싫대. (혼자 술을 마시는 태식에게 안주를 내민다) 태식이도 나랑 사는 거 싫어?

태 식 어.

용 구 나도… 태식이 싫어. 태식이 아무도 안 좋아해. (사이) 언제 가?

태 식 국화 죽으면. 받기로 한 게 있거든.

사이.

86

용 구　안주 먹어. 아프면 안 돼. 나는 태식이 안 버려.

알람 소리.

태 식　(놀라며) 아이씨.
용 구　잘 시간.

용구가 방으로 들어간다.
태식이 혼자 술을 마신다. 안주를 집는다.

태 식　고맙다. 안 버려줘서.

조명이 어두워지면 혼자 술을 마시는 태식의 모습이 어렴풋
이 남고 국화의 방에 붉은 불이 켜진다. 술집에 있는 국화 모
습. 국화가 야한 옷을 입고서 앉아 있다.

국 화　오빠는 소주 말아서 마시지? 안주는 좋은 거로 먹자.
뭐가 그렇게 급해? 인생 직진뿐이야? 말아서도 마시고
샷으로 때리고 기분 좋아졌다 싶으면 그때 즐겨도 좋
잖아. 뭐가 힘든데? 거짓말은, 세상에 안 힘든 사람 어
딨어? 세상 행복하면 나 같은 년들 장사는 어찌하라
고. 우리? 자격증만 없지, 마음의 병은 의사보다 더 치

료 잘하고 점쟁이보다 더 용한 게 우리야. 명약이 따로 있나? 내가 말아주는 이 술이 명약이지. 안 그래? 아마 우리는 죽어서 다 천국 갈 거야. 사람들 병든 마음 다 달래주고 몸으로 받아주고 그거 다 안고 가잖아. 내가 병이 난건 다 오빠들 병을 내가 안고 와서 그래. 그러 니깐, 팁은 두둑이 주라. 짠!

국화와 태식이 각자의 공간에서 술을 마신다.

암전.

고은이 벤치에 앉아 핸드폰 게임을 한다.

고 은   아, 맨날 지냐?

동재가 멀리서 뛰어오며 고은을 부른다.

고 은   야! 뛰지 마!
동 재   아… 어…
고 은   넌 보이지도 않으면서 왜 맨날 뛰냐?
동 재   보여.
고 은   한쪽밖에 안 보이잖아.

동 재   그래도 잘 보여.

고은이 동재의 얼굴에 난 상처를 발견한다.

고 은   잠깐만,

동 재   응?

고 은   너 또 맞았냐?

동 재   아니야. 넘어진 거야.

고 은   병신아 내 눈깔도 병신인 줄 아냐? 맞은 거랑 넘어진
         거 구분도 못 하게?

동 재   아니…

고 은   아빠지? 그 새끼를 확!

동 재   고은아.

고 은   왜? 너희 아빠라고 편드냐?

동 재   그게 아니라, 예쁜 입으로 그런 말 하지 마.

고 은   병신. 야, 네가 한두 살 애야? 아예 봉사가 돼야 속이
         시원하지? 이제 힘도 네가 더 쎄. 우리 애 아니야. 싸지
         르면 아빠냐? 애 패는 게 아빠냐고? 낳고 버리는 새끼
         보다, 낳아서 패는 새끼가 더 나빠! 없으면 맞지라도
         않지. 개새끼들.

동 재   나 괜찮아.

고 은   뭐가 괜찮아! 내가 안 괜찮은데!

동 재 고은아.

고 은 또 맞고 와 봐. 내가 너 안 볼 거야.

동 재 안 맞을게.

고 은 병신. 어디 봐.

고은이 동재의 얼굴을 보며 안쓰러워한다.

암전.

늦은 저녁, 거실에 소주병이 있고 태식이 전화를 받고 있다.

태 식 무슨 사연? 뭐 얼마나 대단한 사연이길래 내 뒤통수를 치고 날라? 내가 왜 그년 때문에 숨어 살아야 하냐고. 너 그년 어딨는지 알지? 알게 되면 바로 연락해. (전화를 끊는다) 사연? (술을 마시는 태식)

국화가 술에 취해서 들어온다.

태 식 사연… 다들 많지.

국화가 소주를 들고 들어간다.

태 식 어이 아줌마.

태식이 일어나 국화에게 입을 맞추려 하자 국화가 태식의 뺨을 때린다.

태 식 나, 왜 데리고 왔냐? 내가 급해서 들어오긴 했는데…
처음 보는 사람한테 재산 준다는 거 너무 어이없잖아.
어차피 믿지도 않아. 그년 찾으면 나갈 건데. 그래도
내가 좀 궁금해서. 차라리 기둥서방 하라고 해. 뭐 하
자는 건데?

국 화 그년도 찾아주고, 내 재산 다 줄게. 넌 그냥 살아.

태 식 왜 난데?

국 화 닮았어! 용구랑.

국화가 들어간다.

태 식 이 씨!

암전.

무대 밝아지면 거실에 수건으로 머리를 감싸고 마늘을 빻고
있는 동재와 고은, 그리고 용구가 앞치마를 곱게 입고서 앉

아 있다. 옆에 김장 재료들이 있다.

고 은   (코를 훌쩍이며) 이걸 왜 해야 하는데?

동 재   (코를 훌쩍이며) 네가 한다고 했잖아.

고 은   (코를 훌쩍이며) 아… 씨발 졸라 맵네! 야! 이거 꼭 해야
        하는 거냐?

용 구   (코를 훌쩍이며) 응! 국화가 꼭 해놓으랬어.

        태식이 나온다.

태 식   냄새나게, 그냥 사 먹어.

용 구   반찬은 해… 해 먹어야 해! 조미료 안… 안 들어가게.
        건강하게.

태 식   지랄을 해요. 어차피 똥구멍으로 나오는 건 다 똑같구만.

고 은   더러워!

태 식   니 똥구멍은 청량하냐?

고 은   입에 걸레 물었니?

태 식   이게!

용 구   빨리… 빨… 빨리… 오늘 할 일 많단 말이야.

동 재   자! (마늘통을 내밀며) 다했어!

용 구   (비닐장갑을 내밀며) 비… 비비자.

고 은   그런 건 네가 해라 좀! 나 못 해.

용 구　빨… 빨리…

고은과 동재가 같이 비빈다.

태 식　(사탕을 먹으며) 가지가지 한다.

용 구　나 눈 간지러워. 태식아 나 눈.

태 식　꺼져.

고 은　손 씻고 비벼.

동 재　장갑 빼고 비벼.

용 구　가… 간지러워. (장갑 채로 눈을 비빈다) 아… 아…! (따가워 어찌할 줄 모른다)

태 식　(놀라서) 야 이 병신아! 그걸 눈에 비비면 어떡해!

용 구　따… 따가워

고 은　이 바보야! 가만히 있어 봐. 뭐해 닦을 거 찾아.

동 재　수건!

용 구　눈, 눈이 안 보여.

용구가 방을 휘저으며 돌아다닌다. 김장 주변으로 가려 하자 태식과 동재가 용구를 잡는다. 고은이 급히 김장통들을 치운다.

고 은　용구 좀 잡아봐!

태 식　야 움직이지 마.

용 구　눈! 아파!

용구의 힘에 끌려 다니는 동재와 태식.

고은이 태식이 먹던 사탕을 용구의 입에 집어넣는다.

용 구　어… 달다.

고 은　용구 씻자.

용구를 데리고 들어가는 고은.

태 식　저런 새끼랑 뭐가 닮았다고!

동 재　네?

태 식　하루라도 조용한 날이 없다고.

동 재　심심하진 않잖아요.

태 식　좋냐?

동 재　네.

태 식　넌 쟤가 왜 좋냐?

동 재　예쁘잖아요.

태 식　너 진짜 안 보이냐? 한쪽은 보인다며?

동 재　보여요.

태 식　예쁜 여자 조심해라. 남자 팔자 더러워진다.

동 재	그런 게 어딨어요. 예쁘면 좋지!
태 식	경험이야. 용구만 봐도 모르겠냐?
동 재	아줌마, 예쁘구나.
고 은	둘이 뭐하냐?
동 재	형이 아줌마 예쁘다고.
고 은	뭐?
태 식	내가 언제! 가. 너희 집 가. 좀 가. 가서 오지 좀 마!
고 은	왜 또 지랄인데!
태 식	가라고 가!
고 은	간다 가!
동 재	형 갈게요.

용구가 물이 뚝뚝 떨어지는 얼굴을 한 채 서 있다.

용 구	앞이 안 보여.
태 식	넌 또… 가만히 있어.

용구의 얼굴을 닦아주는 태식. 용구의 입엔 사탕이 물려 있다.

태 식	괜찮냐?
용 구	괘… 괜찮아. 달… 달아.
태 식	입이 달달하면 눈깔도 달달해지냐?

용구   응. 달아.

태식   어이, 용구.

용구   어이 태시기.

태식   너 국화 처음 봤을 때 기억나냐?

용구   응. 나.

태식   20년 전인데 기억나?

용구   기억나.

태식   스무 살 국화는 어땠냐?

용구   예뻐. 국화꽃처럼 예뻐.

태식   그리고?

용구   예뻐.

태식   아니 예쁜 거 말고 뭐 없어?

용구   예뻐.

태식   가족은?

용구   용구.

태식   어이 용구.

용구   어이 태시기.

태식   너 어쩌다가 병신이 됐냐? 딱 봐도 어디서 인상 쓰게 생겨가지고. 왜 이렇게 된 거야?

용구   구… 국화가 내가 국화 살렸대. 그래서 내가 이렇게 된 거래. 피가 너무 많이 나서 국화 손잡고 쓰… 쓰러졌어. 나는 기억 안… 안 나.

태 식	국화가 또 뭐라고 했는데?
용 구	말 안 해. 아! 한다! 술 먹으면 해.
태 식	뭐라고?
용 구	죽어. 그때 그냥 죽었어야지, 왜 살았어. 죽어. 죽지 마. 죽으면 나 혼자잖아. 죽지 마. 국화가 술 마시면 막 이래. 때려. 아파. 무서워.
태 식	이래서 예쁜 여자는 안 된다는 거야.
용 구	국화 예뻐. 스무 살 국화. 예뻐. 지금도 예뻐
태 식	나도 궁금하네. 스무 살 국화.

암전.

태식이 혼자 술을 마시고 있다. 국화가 술에 취해 들어와 소주를 꺼내온다. 태식 옆에 앉는다. 병째 마시는 국화

태 식	암에 걸려 죽는 거야, 술 때문에 죽는 거야. 헷갈리게.
국 화	나 약 먹는 거야. 진통제.
태 식	빨리 죽어주면 나야 땡큔데, 적당히 해라.
국 화	오늘은 기분이 좋아서 그래. 손님이 엄청 많았거든.
태 식	곧 죽을 사람이 돈 많이 벌어서 기분 좋겠다.
국 화	당연하지.
태 식	내가 죽는 날 받아놓은 사람이랑 처음 살아봐서 그런

데. 원래 이렇게 살아? 보니깐 애새끼 둘은 너 죽는 거 모르는 거 같던데.

국화   죽을 사람은 어떻게 살아야 하는데?

태식   못해 본 걸 한다던가. 유종의 미 뭐 그런 거! 그런 거 있잖아. 맨날 하던 일 하면서 돈, 돈, 하지 말고. 죽을 마당에 술 팔고 몸 팔고 싶냐고.

국화   어리네. 태식이.

태식   뭐라는 거야

국화   너도 더 나이 들면, 사는 사람만큼 죽는 사람이야. 특별할 거 없어.

태식   적어도 아픈 티라도 내던가. 죽는 거 맞아? 구라친 거 아니야?

국화   죽을 날 받아놓고 죽상이면 너무 못생겼잖아.

태식   좋겠다. 예쁘게 뒤져서.

술을 마시는 국화와 태식.

태식   병원에선 뭐라는데?

국화   응?

태식   얼마 전에 병원 갔잖아. 뭐, 별말 없었어? 좋아졌다던가, 아님… 뭐… 뭐든.

국화가 태식을 빤히 본다.

태 식   왜? 뭘 그렇게 봐?

국 화   이런 기분이구나.

태 식   뭐?

국 화   꽃 피는 동백섬에~

태 식   들어가라.

태식이 일어나려 하자 팔을 잡아당긴다.

국 화   봄이 왔건만~

태식의 어깨에 기대어 동백섬을 처연하게 부른다. 태식 가만
히 어깨를 내어준다.

태 식   어이 아줌마.

국 화   응?

태 식   노래 드릅게 못해. 부르지 마.

국 화   술 더 마시자. 나 오늘 기억 안 날 때까지 마실래.

태 식   오늘 죽지 마. 시체 치울 생각 없으니깐.

일어나려는 태식을 잡는 국화. 국화가 태식의 손을 자신의

가슴에 가져간다.

국 화   여기가… 너무 아파서 그래… 그러니깐 마시자.

당황하는 태식이 손을 빼고 자리에 앉는다.

태 식   마셔. (술잔을 내민다) 잔에 따라 마셔.

국 화   잔으로 마시면 마시다가 술이 깨서 밤새워 마시게 돼.
         그러니깐 이렇게 한꺼번에 먹고 뻗어버려야지.

태 식   죽는 게 무서워?

국 화   늙는 게 서러워서 그런다.

태 식   안 늙는 사람이 어디 있다고.

국 화   젊을 땐 참 예뻤는데.

태 식   젊을 땐 다 예뻐. 다 잘 나가고.

국 화   손님들도 맨날 그 말 해.

태 식   나도 얼마 전까진 (한잔 마신 후) 에이씨!

태식도 병째 술을 마신다.

국 화   넌 아직 젊어서 그래. 그래서 지금이 가장 견디기 힘들
         고 뭣 같다고 느끼는 거야. 네 나이에 남들처럼 예쁜
         여대생 꼬셔서 연애도 하고 단둘이 여행가는 계획 짜

보고, 친구들이랑 세상 뭐 있냐? 소리치면 밤새 술도 마시고 깽판도 쳐보다가 세상 엿 같다고, 자기만 왜 이러냐고 죽으려고 들고, 다 젊어서 그래.

태 식 사랑? 순진한 소리 하네. 세상에 사랑이 어딨어. 한번 해보려고 만들어 낸 말이지. 싸구려처럼 안 보이려고, 사랑이니 순정이니, 그딴 거 말 붙인 거지.

국 화 젊다.

태 식 이딴 식으로 젊을 거면 좆 까라 그래!

국 화 그래도 좋다 나는. 그런 좆 까는 젊음이.

태 식 취했네.

국 화 왜, 가끔 카페 안에서 커플들이 노트북 올려놓고 커피 마시며 얘기도 하고 서로 바라보잖아. 난 그게 그렇게 부럽더라. 그 모습이 너무 예뻐. 그럴 수 있다는 게 꼭 축복받은 거 같아서… 질투가 나.

태 식 …

국 화 20살 때 팔려와서 그런 낭만은 생각도 못해 봤거든.

태 식 집 나왔어?

국 화 결석 한 번도 한 적 없어.

태 식 그럼? 애인한테 사기당했어?

국 화 연애 못해 봤어.

태 식 대출? 보증?

국 화 20살이? 그게 뭔지도 몰랐다.

태 식　부모가 팔기라도 했냐?

국화가 아무 말 않고 술을 마신다.

태 식　아… 씨…
국 화　세상엔 참 많은 사람이 있어.
태 식　지금은?
국 화　나였어도 힘들 거야. 자식 얼굴 보기 힘들지.
태 식　잠수 탄 거야?
국 화　고아나 다름없지 뭐. 그래서 오히려 지금은 홀가분해.
태 식　찾아서 죽여줘?
국 화　같이 산 세월보다 혼자 산 세월이 더 길다. 아무 감정 없어.
태 식　고생했네.
국 화　네가 고생을 아니?
태 식　부모님 사고로 돌아가시고 안 해본 일 없어. (배를 보이며) 보여? 이거 칼빵이야! 아는 형님 밑에서 일하면서 내가 어?! 죽을 뻔한 게, 한두 번이 아니야! 보이지. 이게 훅 들어왔다가 훅! 응?
국 화　내가 칼빵을 아는데 이건 베인 거잖아. 어디서 구라야
태 식　무슨…! 아. 여기가 아니다. 허벅지에 제대로 한방

102

태식이 바지를 벗으려 하자 국화가 쳐다본다.

태 식   허벅지 안쪽인데… 우와. 보여줄 수도 참… (술을 마시며) 내가 씨발 그년만 안 만났어도 이러고 안 있어. 내가 아줌마 술 상대나 할 그런 사람이 아니라고.

국 화   그 여자 찾아주면 어쩔 건데?

태 식   죽여야지. 나 만난 거 후회하게.

국 화   사랑했네.

태 식   사랑? 그년이 나 속이고 내 돈이랑 수금까지 들고 날 라서 내가 이 꼴이 난 건데. 근데 사랑? 쫓겨 다니는 신 세에 뒈지게 생겼는데 이게 사랑이라고? 아줌마 사랑 이 뭔지 몰라?

국 화   태어나서 돈으로 하는 섹스 말고는 남자랑 자본 적이 없어. 남자랑 데이트한 적도 영화를 본 적도, 다정하게 손을 잡아본 적도… 사랑을 한 적도… 스무 살, 그때부 터 지금까지… 단 한 번도 없었어. 어릴 때 정말 꼭 할 거라고, 기대하고 기다린 것들인데… 이젠 늦었지. 이 젠 여자도 아니야. 그냥 늙은 아줌마지.

처연히 술을 마시는 국화. 그 모습을 바라보는 태식.

국 화   여자로 죽고 싶었는데… 그러질 못하네.

태 식   아줌마가 남자야?

국 화   시절 인연이라고 알아? 그 시절에 만나는 인연. 스무
         살부터 지금까지 내 시절엔 날 여자로 만들어준 인연
         이 없어. 그냥 손님들이지.

태 식   죽기 전에 데이트, 영화, 손잡기 뭐 이런 거 하고 싶다
         이런 거 아니야?

국 화   그런가?

태 식   (국화의 손을 잡으며) 손은 잡았다.

국 화   (어이없다는 웃음으로) 장난해?

태 식   (정색하며) 나도 남자야.

국 화   난 여자가 아니잖아.

태 식   내가 제일 싫은 게 청승이야. 없어 보이게. 시절 인연?
         내가 해주께.

국 화   뭐?

태 식   (국화에게 입을 맞춘다) 나 돈 안 낼 거야. 이 술 아줌마 돈
         으로 산 거야. 여기에 내 돈 하나도 없어.

         국화가 어이없는 듯 웃는다.

태 식   그리고 지금까지 내가 본 아줌마 중에, 아줌마가 제일
         예뻐!

국 화   그거 칭찬이니?

태 식 그럼. 웬만한 젊은 애들? 걔네들 화장으로 떡칠한 거보다 몇 배 몇만 배 아줌마가 더 예뻐!

국 화 고맙다. (웃으며 술을 마신다)

태 식 아까 만져보니깐. 뭐… 아직 가슴도 탱탱하더만. 내가 숱한 여자들 가슴을 만져봐서 아는데! 좋아! 특급이야! 걱정 마.

국 화 가슴 특급이면 사랑하니?

태 식 이왕이면 그렇다는 거지.

국 화 그럼, 나랑 할래?

태 식 뭘?

국 화 섹스.

태 식 (술을 뱉어내며) 뭐? 미쳤어?

국 화 왜? 아줌마라서? 늙은이라서?

태 식 아니. 뭐 그런 게 아니라… 그건 섹스 말고, 데이트나. 뭐… 아니 그래도 그건, 아줌마랑 비슷한 또래의 남자랑…

국 화 농담이야! 내가 애 데리고 뭘 하겠냐? (태식의 반응에 국화 웃는다)

태 식 (국화의 웃음에 멋쩍어하며) 아이씨…

국 화 덕분에 웃었다.

국화가 일어나자 태식이 일어나 국화를 잡는다.

태 식 (결심한 듯) 하자! 하자고! 그까짓 것 한번 하자!

국 화 농담이야.

태 식 짜증나게 하네. 야. 솔직하게 말해. 너 억울하잖아. 너 보고 있으면 내가 겁나. 너처럼 살다 죽을까 봐. 구질 구질하게 뒤질까 봐. 그러니깐 해. 남들이 하는 거 해. 영화도 보고 카페도 가고 하자. 남들이 하는 평범한 거. 남들이 다 하는 거. 다 하고 죽어.

국 화 우리 같은 사람이 그래도 되니?

태 식 그래도 돼.

국 화 그럼 평범함이 너무 보잘것없어지잖아. 행복이 가벼워 지잖아.

태 식 어쩌라고. 어차피, 우리 같은 것들 뭔 짓을 해도 남들 눈에 형편없고 불행해. 아무리 웃어도 우리 안 부러워 해. 그러니깐 해.

국 화 우리 내일 다 같이 밥 먹자. 평범하게.

암전.

구급차 소리가 울린다. 조명이 들어오면 흰 원피스를 입고 있는 어린 국화가 걸어 들어온다. 붉은 방에 쓰러진 남자와 머리에 피를 흘리며 서 있는 용구가 있다. 용구의 손에 피가 묻은 물건이 들려져 있다.

국화　왜? 저 새끼가 내가 누군지 아는 게 무슨 상관인데. 돈만 받으면 되잖아. 그러라고 나 사 온 거잖아.

용구가 국화에게 다가온다.

용구　너는 내 꺼야. 죽는 것도 내가 허락해야 죽는 거야.

국화　나 안 죽어. 저깟 놈들 수십 명이 와도 나 안 죽어. 빚 다 갚고 그때 죽어. 그때 자기 살겠다고 나 팔아버린 아빠라는 놈도 죽이고 너도 죽일 거야.

용구　너는 내 꺼야. 그러니깐, 살고 싶으면 지금 가. 지금 도망가.

용구가 국화의 팔을 잡는다.

용구　지금 아니면 너 못 가. 평생 도망 못 가.

국화가 용구의 손을 떼어 놓는다. 국화 도망가려다 멈춘다.
한참을 서 있던 국화 돌아서서 용구를 본다.

암전.

무대가 밝아지면 동재, 고은, 용구가 어색하게 앉아 있다.

고 은 용구, 오늘 무슨 날이야?

용 구 무슨 날이야?

동 재 그러니깐. 형 오늘 생일이에요?

태 식 아닌데.

고 은 쟤 생일날 내가 밥을 왜 먹어.

태 식 싸가지.

동 재 그럼 뭐지?

태 식 그냥 밥 먹은 거 가지고 왜 그래?

동 재 다 같이 밥 먹은 거 처음이에요.

용 구 국화 밥 안 먹어. 술 먹어.

고 은 내 말이, 게다가 오늘 가게 쉬는 날도 아니잖아.

동 재 죽을병 걸린 거 아니야?

용 구 (소리치며) 아니야!

고 은 야! 농담이야. 놀랬잖아.

용 구 태… 태식아 팔씨름하자.

태 식 갑자기? 왜?

용 구 밥 먹었잖아. 운동.

태 식 됐어.

국화가 나온다.

고 은 뭐야. 이길 자신 없나 봐. 용구야 나랑 하자.

용 구　에이.

고 은　내가 태식이보다 힘 쎄.

태 식　야. 장난하냐?

국 화　그럼 편짜서 이긴 팀 소원 들어주기 할까? 어때?

고 은　좋아. 그럼 난 용구랑 할래.

국 화　싫은데 용구랑 나랑 같은 편.

고 은　그럼 나는? 둘 다 안 돼!

국 화　너희 세 명이 한팀 해. 됐지?

용 구　두… 둘 다 같… 같이 해도 돼.

태 식　어이가 없네. 좋아 붙어. 소원 들어주기. 무르기 없기.

동 재　형님! 제가 먼저 하겠습니다!

고 은　너 무조건 이겨! 이기면 내가 입술 준다!

동 재　용구 들어와!

용구와 동재가 팔씨름한다. 용구가 동재를 가지고 놀다가 넘
어트린다.

고 은　너 이제 끝이야!

동 재　고은아.

태 식　형이 복수해 주마. 아줌마, 내 소원 각오해.

용 구　태시기 뼈 부러져.

용구와 태식이 팽팽하게 붙는다.

동 재   형님! 할 수 있어요! 할 수 있어!

고 은   조금만 더! 힘내! 용구한테 지면 쪽팔려서 살겠냐?

태 식   입 닫아라.

고 은   조금만 더! 힘! 힘! 오빠, 오빠! 이겨!

순간 모두 고은을 본다. 용구가 태식의 팔을 넘어트린다.

고 은   뭐 하는 거야!

태 식   너 지금 뭐라 그랬냐?

고 은   뭐가?

국 화   오빠라고 그런 거야?

고 은   미쳤어?!

동 재   고은아… 니가 어떻게.

고 은   나 아니야! 내가 저 새끼한테 언제?! 다 비켜! 엄마 나
         랑 붙어. 일대일 소원!

국 화   그래.

고은과 국화가 손을 잡는다.

고 은   안 봐줄 거야. 나 무조건 이길 거야.

국 화	나도 절대 안 봐줄 거야. 내 소원도 중요하거든.
동 재	자, 준비하시고 시작!

각자 응원한다. 국화가 고은을 이긴다.

고 은	너무해! 좀 져주지!
용 구	내 소원! 소… 소원. 고은아 음… 음료수 사와.
고 은	엄마. 아니 아줌마는?

국화가 고은을 한참 동안 안는다.

국 화	내 소원. 꼭 들어줘야 해.
고 은	몰라!
동 재	어디 가?
고 은	음료수 사러!
태 식	오빠는 콜라 부탁한다.
고 은	미친놈!
동 재	고은아 나도 오빠라고 불러 주라.
고 은	뒈질래?!

고은이 나간다.

태 식　소원… 뭔데? 말해.

국 화　내 소원, 이미 네가 들어주고 있잖아. 됐어.

태 식　그래도…

용 구　나는… 나… 나는…

태 식　그래 뭐?

용 구　들어줄 거야?

태 식　말해.

용 구　목욕.

국 화　우리 용구 목욕 안 한 지 꽤 됐지.

태 식　내가 왜?

용 구　소… 소원.

국 화　깨끗이 씻고 와

태 식　아! 저 새끼랑! 아! 싫어! 팔씨름 다시 해! 다시!

용구가 태식을 들고 들어간다.

태 식　아줌마. 이건 아니야!

국화가 둘을 보며 웃는다.

국 화　평범. 나도 있네.

욕실에서 둘이 소리가 들린다.

태 식   너 이 새끼 뭐 이렇게 용이 많아!

용 구   태시기는 뽀얗다. 아기.

태 식   너 이거 뭐야?

용 구   태식이 꺼는 어디 있어?

태 식   (당황하며) 등 돌려!

용 구   태식이 없어.

태 식   너! 남자가 말 많이 하면 고추 떨어져.

용 구   안 돼! 내 꺼!

용구가 뛰어 나가려 하자 태식이 잡는다. 반쯤 상체만 나온
용구.

태 식   안 돼! 너 나가면 안 돼 인마!

용 구   국화야 내 꺼 내 꺼 떨어져!

태 식   너 나가면 진짜 안 돼!

용 구   태시기는 없어!

국화가 웃는다.

태 식   아니야!

113

용 구　국화야 태식이 고추는 요만…

태 식　(다급히) 안 닥쳐?

용 구　(슬며시 웃으며) 국화야 태식이… 고추는 (엄지 세워 보인다)

태 식　아니거든! 어이가 없어서. 물이 뜨거워서 그래.

용 구　그럼 난?

태 식　넌! (멈칫하며) 넌 병신이라서 그런다 새끼야!

용 구　병… 병신보다 못한 새끼

태 식　이 새끼가!

태식이 때리자 튕겨 나오는 용구와 넘어지는 태식 이때, 고
은이 들어오다 둘을 본다.

고 은　야 이 변태야!

암전.

거리/ 고은과 동재가 나온다.

동 재　왜 그래?

고 은　국화 참 미워.

동 재　왜?

고 은　소원을 뭐 그딴 걸 빌어.

동 재	왜?
고 은	용구도 내가 책임지고 국화 가게도 내가 다 책임지려 했는데. 못 됐어.
동 재	왜?
고 은	나 이제 국화 집에 안 갈 거야.
동 재	왜?
고 은	너도 한동안 안 만날 거야.
동 재	왜?
고 은	대학 가래. 미친년.
동 재	뭐?
고 은	평범하게 살래. 남들 다하는 거 하래. 그게 자기 소원이래.
동 재	… 근데 나는 왜 안 만나?
고 은	넌 안 평범하잖아. 너도 평범해져. 그럼 만날게.
동 재	평범함이 뭔데…
고 은	아빠에게 안 맞는 거. 네가 하고 싶은 거 하는 거. 네 나이에 맞게 사는 거.
동 재	어렵다.

암전.

어두운 밤. 국화와 태식이 술을 마시고 있다.

국화   너 이기면, 무슨 소원 빌려고 했어?

태식   어? 아냐. 됐어.

국화   그 여자 연락처?

태식   찾았어?

국화   (망설인다) 아니.

태식   그래.

술을 마시는 두 사람

국화   나 죽어. 진짜.

태식   알아. 너 죽는 거.

국화   다 줄게. 진짜.

태식   알아.

국화   내가 너한테 몹쓸 짓 했네.

태식   알긴 아네.

사이.

태식   내가 아무리 생각해도 이해가 안 가는 게 있어.

국화   뭔데?

태식   용구랑 나랑 어디가 닮았다는 건데? 아니, 성격도 외모
도 하나도 안 닮았어. 아니 비교하면 안 되지. 난데? 내

116

　　　　　가 용구랑?

국 화　진짜 닮았는데.

태 식　술 땡기네.

국 화　너 처음 봤을 때. 꼭 유기견 같았어. 그것도 대형견.

태 식　개새끼라는 거네.

국 화　살벌하게 으르렁거리면서 날 보는데, 꼭 살려달라고
　　　　　우는 거 같았어. 내가 아니면 안 된다고. 이빨 드러내
　　　　　고 내 팔을 꽉 물고 있는 유기견.

태 식　무서웠냐?

국 화　응.

태 식　그럼 왜 데리고 왔어? 그냥 버리지.

국 화　나도 몰라.

태 식　미안한데, 난 용구 책임 안 져. 네가 주는 거 난 버릴
　　　　　거야. 내가 원하는 거 찾으면 제자리로 돌아갈 거야.
　　　　　그러니깐 다른 사람 찾아.

국 화　번호 주면 지금 갈 거니?

태식이 말없이 술을 마신다.

국 화　미친놈. 넌 왜 안 가?

태 식　오랜만이거든. 내가 아무것도 아닌 거 같은 기분. 너
　　　　　희 사이에 있으면 내가 별것 아닌 게 돼. 스무 살도 안

된 여자애는 사생아에, 꿈이 술집 아가씨라고 노래 부르고. 한 명은 아버지란 놈한테 두들겨 맞아서 눈 병신이 되고도 참고 살고 한 명은 진짜 병신이라 지가 누구랑 사는지도 몰라. 너는, 역대급이지. 비참한 거로. 그런 사람들 사이에서 나, 참 보잘것없이 평범하더라. 화가 났나. 나보다 더 비참해 보여서. 오히려 평온해. 그걸 즐기고 싶었어.

국화   다행이네. 내가 너보다 더 불행해서.

태식   불행한데, 불행하지 않아. 같이 있으면.

국화   번호 줄까?

태식   너 죽으면, 그때 줘.

국화   여자한테 그렇게 당하고도 또 당하는 거 보면 너도 안될 놈이다.

태식   이래서 예쁜 여자는 안 된다는 거야. 나랑 안 맞아.

국화   여자? 아줌마도 여자니?

태식   특급 가슴은 아줌마 아니야. 여자야. 여자. 아줌마는 나한테 여자. 죽을 때까지 여자니깐, 죽기 전에 말해 줄래? 섹스나 실컷 하게! 죽어서 하늘 가면 자랑해. 어린 남자랑 연애하다 죽었다고. 돈 안 내고 진짜 연애했다고. 알았지?

국화   다들 부러워 죽을 거야.

태식   그럼!

국화	기분이다! 소원 들어줄게! 말해 봐.
태식	음, 진짜 이름이 뭐야?
국화	뭐?
태식	진짜 이름 뭐냐고. 용구는 알아? 진짜 이름.
국화	아니. 그게 왜 궁금한데?
태식	용구는 스무 살 국화를 알더라고. 겁나 예뻤다며? 근데 난 모르잖아. 아씨, 열 받아. 사진 한 장도 없어. 남겨 놓지. 네가 죽고 나면 스무 살 전의 너를 아는 사람이 없잖아. 내가 기억해 주면 안 될까?
국화	이도희. 내 진짜 이름.
태식	이도희. 도희. 말해 줄 수 있어? 스무 살 전의 이도희 이야기.
국화	밤샐 거야. 잘 들어.
태식	응.
국화	보다시피 내가 왕년에 진짜 예뻤거든.
태식	모른다고 막 지어내진 말자.
국화	진짜야.

서서히 무대 어두워지다 다시 밝아오면 국화가 태식의 품에 조용히 안겨있다.

암전.

동재가 꽃다발을 들고 서 있다.

고 은　병신… 뭐하냐?

동 재　합격 축하해.

고 은　꽃은 무슨.

고은도 선물 상자를 건넨다.

동 재　뭐야?

고 은　너도 축하해 검정고시 붙은 거.

동 재　국화에게 안 갈 거야?

고 은　응.

동 재　보고 싶어 할 텐데…

고 은　졸업하면, 정말 남들처럼 국화가 하고 싶었던 거 다 하
　　　면… 그때 갈래. 연애도 하고 차여도 보고 직장도 다니
　　　고, 월급봉투 받으면 들고 갈래. 가서, 자랑할 거야. 실
　　　컷 비웃어 줄 거야.

동 재　그러자. 그럼, 카페 가서 노트북 펴놓고 게임부터 할까?

고 은　치, 네가 사라.

동 재　예쁜 여자는 이래서 안 돼.

집 안 거실, 태식과 용구가 검정 상복을 입고서 사탕을 입에

물고 앉아 있다.

태 식 달달하냐?

용 구 응. 태시기는?

태 식 달다.

용 구 이거. 국화가 주… 주래.

태 식 (종이를 보곤 찢어서 용구에게 준다) 필요 없어. 버려.

용 구 태식아.

태 식 왜.

용 구 태식이도 갈 거야?

태 식 하늘?

용 구 아니. 나랑 살기 싫… 싫잖아.

태 식 알긴 아네.

용 구 언제 가? 밥은 먹고 가? 점심 먹고 가? 저녁 먹고?

태 식 먹고 갈까?

용 구 아… 아니. 밥. 밥해야 되는데…

태 식 어이 용구 치사하네. 언제는 안 버린다며? 아까 종이 찢어버려서 이제 갈 데 없어.

용 구 그럼 어떡해.

태 식 책임져야지. 네가 나 안 버린다고 했으니깐.

용 구 응. 안 버려. 태식이 아무도 안 좋아해. 내가 밥 줘야 해.

태 식 어이. 형.

용 구   응?

태 식   밥 먹자.

용 구   밥 먹자.

암전.

세 소녀

송천영

등장인물

미영 (19세, 여)
세인 (19세, 여)
희진 (19세, 여)
춘풍 (40대 후반, 남)

무대

모텔 방. 천장에 매립된 실링라이트에서는 노랑과 주황
이 조합된 다소 유치한 색상
의 조명이 내려온다. 오른편에는 침대가 있고, 안쪽으로
화장대와 전화기가 있다.
위로 높게 작은 창이 뚫렸다. 침대와 바닥에는 가방과 외
투 등이 아무렇게나 흩어
져 있고 그 사이마다 청테이프와 밧줄, 야구방망이, 전기
충격기 등 이질감이 느껴
지는 도구들이 긴장감 없이 숨겨져 있다. 정면은 화장실
이다. 불이 꺼진 화장실 내
부, 반투명의 유리문은 닫혀있다. 그 앞으로 작은 원형
테이블과 의자가 놓여있다.
왼편 현관 앞에는 높은 하이힐이 높고 서고 아무렇게나
널브러져 있다.

창 너머로 밤의 번화가 소리. 시끄러운 유행가와 술 취한 사람들의 고함소리가 뒤섞여 들린다. 세인, 화장대 앞에서 거울을 보고 있다. 세인은 미니스커트에 살이 비치는 스타킹을 신고 있다. 희진, 침대에 누워 액체괴물 장난감을 손으로 주물럭거리고 있다. 이들은 보통 그 또래들이 그렇듯 생각나는 대로 툭툭 내뱉는 가벼운 말투가 입에 배어 있다.

세인 이사님이 나 눈이 예쁘대. 눈 옆에 점도 예쁘고…, 콧대만 살짝 올리면 얼굴 확 살 거래.

희진 해준대?

세인 (자기 몸을 훑으며) 어, 가슴도 한 컵? 그 정도만 더 있으면 좋을 것 같다고 하고.

희진 너 성괴 만들어서 팔려나 보다.

세인 우리 이사님 그런 사람 아니야. 얼마나 젠틀한데. 집에도 맨날 태워다 준다니까.

희진 됐고 마흔이라며, 난 아저씨 완전 싫어.

희진, 세인을 향해 액체괴물을 던진다. 세인, 받아서 조물조물 만지작거린다.

세인 결혼만 안했음 됐지 뭐. 미영이도 한 번 봤는데, 그 정도면 괜찮다 그랬어.

희진 애인은, 없대?

세인 있지. 근데 내가 맘 잡고 꼬시면 백 프로 넘어와. 회사 다니는 일반인인데 평범해. 서른도 넘었고 뭐 딱히 매력 없어. 그 나이에 현모양처를 꿈꾸신단다. 그게 꿈이 되냐? 나 같으면 그렇게 살 바에는 그냥 자살이야.

세인, 가방에서 사과와 접이식 칼을 꺼낸다.

희진 뭐야, 자살하게?

세인 다이어트. 저번에 카메라 테스트했는데 완전 맘에 안 들더라는 거지.

희진 그렇게 먹으면 살이 더 빠진대?

세인 바로 깎아 먹어야 영양이 살아있거든. 음, 신선해.

희진 신데렐라 나셨네.

세인 사과는 백설공주거든요. 너 어디 가서 그러면 개쪽당해.

세인, 제법 능숙한 솜씨로 사과를 깎아 먹는다.

세인 근데 미영이 못 들어오는 거 아냐? 딱 봐도 얼굴에 미성년자.

희진 얼굴은 괜찮아. 여성미가 없는 게 문제지.

세인 우리 미영이 어쩌냐. 걔네 아빠가 하도 닦달을 해서 그

126

런가. 2차 성장이 오다 말았나봐.

희진 성징. 아 쪽팔려.

세인 뭔 상관이야. 그딴 거 몰라도 잘 크거든?

세인, 가슴을 올리는 포즈 취하다가 갑자기 벌떡 일어나 창문을 닫는다. 조심스럽게 침대 옆 벽에 귀를 댄다.

세인 지금 무슨 소리 안 났어?

희진 무슨 소리?

희진, 잠시 소리에 집중하다 벽 쪽으로 귀를 기울인다. 흥미로운 표정으로 세인에게 손짓한다. 세인도 벽으로 귀를 기울이는데. 그 너머로 흥분한 여자의 신음소리가 들려온다.

희진 와우, 슈퍼 플렉스 사운드.

세인과 희진, 벽에 귀를 더 바싹 갖다 댄다.

희진 저런 소린 절대 안 나던데.

세인 오 정희진. 이제 해봤다 이거야? 좋았어?

희진 뭐가…

세인 양훈이랑 할 때 어땠냐고.

127

희진　미쳤어! 작게 말해. 차미영 오다 들으면 어떡하라고.

세인　알았어. 솔직하게 어때? 느낌 왔어?

희진　뭐 그냥…

세인　빨리 얘기 좀 해봐.

희진　(생각하다가, 자랑하듯) 걔 말로는…, 미영이보다 훨씬 잘 맞는대, 내가.

세인　헐…, 차미영 들으면 자살하겠다.

희진　너 진짜 비밀이다?

세인　생각해볼게.

희진　야!

세인, 불현듯 화장실 쪽으로 간다. 문을 살짝 열어 확인하고 는 조심스럽게 닫는다. 희진과 무언의 오케이 사인을 주고받 은 뒤 과장된 동작으로 살금살금 돌아온다.

희진　근데 얘 왜 이렇게 안 와? (문자를 읽으며) 긴급사건 발생 미영아 제발. DX모텔 303호. 이 정도면 바로 튀어 와 야지.

세인　미영이 좋아할 거야, 그치?

희진　좋아해야지. 우리가 걔 땜에 얼마나 고생을, 어휴!

이때 밖에서 문 두드리는 소리가 들린다.

희진   미영이다!

희진, 잽싸게 달려가 문을 열면, 또래보다 더 앳된 모습의 미영이 들어온다. 세인, 반갑게 미영을 껴안으며 귀여워한다.

세인   우리 미영이 왔어?

미영   (짜증내며)… 아씨. 긴급 아니지?

희진   보고 싶어서 그랬지 우리 찡찡이.

미영   나 갈래. 이 시간에 사람을 부르면 어떡해. 나 통금 있는 거 알면서.

세인   미영아 우리 다 알고 있으니까. 이제 솔직하게 털어놔도 돼.

미영   (당황해서) 응? 뭘?

희진   우리가 괜히 친구냐?

세인   에구 얼마나 혼자 끙끙댔어.

미영   무슨 소리하는 거야?

세인   이제 더 안 숨겨도 된다고. 너 혼자 속 썩이고 있는 그거.

세인, 미영의 겉옷을 벗겨준다. 미영, 당황해 어리둥절 하는데, 계획된 동선 인 듯 세인이 희진에게 눈짓하면서 화장실 쪽으로 미영을 끌고 간다.

세인   눈 감아 봐.

미영   왜?

세인과 희진, 화장실의 불을 끄고 미영을 밀어 넣는다.

미영목소리 뭐하는 거야?

세인·희진 하나, 둘,

미영목소리 (문을 두드리며) 뭐하는 거냐고!

세인·희진 둘, 둘…, 셋!

희진, 화장실의 불을 켠다. 세인과 키득거리며 좋아 죽는다.
미영, 비명을 지르며 화장실에서 뛰쳐나온다. 얼굴은 사색이
되어있다.

희진   서프라이즈!

미영   저, 저거 뭐야?

세인   너 진짜 깜짝 놀랐지?

미영   누구냐니까!

희진   딱 보면 몰라? 에버그린 사장 아저씨잖아. 춘풍이.

세인   저 새끼가 너 건드렸다며.

희진   우리가 저걸 가만 둘 수 있겠냐.

세인   복수해야지.

미영 저게 그…, 춘풍이 아저씨라고?

경악한 미영, 몸을 덜덜 떨며 조심스럽게 화장실 안을 다시 확인한다.

희진 우리 둘이 이거 짜는데 얼마나 고생했는지 알아? 처음엔 남자애들 다 불러서 조지려고 그랬거든? 근데 그럼 남자 애들도 너 당한 거 다 알게 되고 일이 복잡해지잖아.

세인 그리고 훈이가 알면 네가 싫어할 거 딱 아니까.

미영 훈이? 훈이한테 말했어?

세인 당연히 안 했지.

미영, 힘이 풀려 침대 위에 주저앉는다.

미영 뭐하는 거야 지금 너희…

희진 김세인이 저러고 술 한 잔 사달라니까 바로 콜이던데?

세인, 장난스럽게 몸매를 과시하는 포즈를 취한다.

미영 그러니까 그걸 왜 했냐구!

세인 복수라니까.

미영 (어이가 없어서) 무슨…, 복수?

희진   내가 신호 받고 들어오니까 벌써 맛탱이 가서 누워있
      는 거야. 눈은 풀려가지고 아저씨들 얼굴 시뻘겋게 올
      라오는 거 알지? 눈에 그 막 징글징글한 노른자 껴가
      지고. 진짜 극혐. 세인이가 수고 많았지.

세인   내가 괜히 배우냐? 자존심 걸고 꼬셨지.

미영   아저씨랑 술 마셨어? 그리고 여기로 데려왔다고?

희진   거기에 수면제 몇 알 톡톡.

세인   지금 완전 알딸딸해.

미영   말도 안 돼…

세인   너 맘고생 심했던 거 우리가 다 알아.

희진   (밧줄, 전기충격기 보여주며) 연장은 준비됐어. 네가 동영상
      찍을래? 쟤도 똑같이 당해 봐야지.

미영   똑같이, 뭘?

희진   뭐긴 뭐야? 성추행! 생각하니까 또 열 받네.

세인   (과장된) 우리 불쌍한 미영이, 얼마나 상처 받았을까!

어안이 벙벙한 미영, 그대로 굳어있다. 세인과 희진, 야구방
망이와 전기충격기를 든다.

희진   자, 가자!

세인   미영이 너도 아무거나 하나 잡아.

132

세인과 희진, 화장실로 앞서 간다.

미영 너희들 제정신이야?

희진 뭐가? (웃으며) 쟤 완전 감동 받았나보다.

세인 다 널 위해서 그런 거잖아. 얼른.

미영 내가 언제 이런 거 해달라고 했어? 이건 진짜…

세인 그럼 보고만 있어?

미영 뭘?

세인 너 계속 이상했어. 연락하면 답도 늦어, 귀가시간은 칼
같이. 솔직히 너 우리 피했잖아.

미영 … 시험 기간이었잖아.

희진 장난 하냐. 네가 무슨 시험기간에 공부를 해.

미영 (답답해서) 우리 고3이야. 언제까지 애들처럼 맨날 붙어
다닐 순 없는 거야.

희진 (비웃으며) 언제부터 아빠 말을 그렇게 잘 들었어?

미영 아빠가 그런 거 아니야.

세인 내가 제일 잘 알아. 너 그 일로 충격 받은 거야. 예민하
면 한 번씩 잠수타려고 하는 그 병 또 도진 거잖아. 그
런다고 뭐가 달라져? 해결 해야지!

희진, 미영에게 어깨동무를 한다.

희진	이럴 때 도와주는 게 친구지! 우리 친구 아이가!

미영, 희진의 팔을 단호하게 뿌리친다.

미영	저거 풀어.
세인	그냥 풀어주라고?
미영	당장 풀어주라구!
희진	왜 신경질이야?
미영	이런 짓하면 깜빵 간다구.
세인	너 말이 좀 그렇다. 난 너 생각해서…
희진	저 아저씨가 먼저 잘못한 거잖아. 벌 받아야지.
미영	뒷일은 어쩌려고 이랬어? 그런 건 하나도 신경 안 썼겠지 니들은. 제발 머리가 달려 있으면 생각을 좀 해. 두 번 하고 세 번 하란 말이야!
희진	하, 나 어이없다.

희진, 가방과 옷을 챙겨 나가려고 한다. 세인, 희진을 잡는다.

희진	(미영을 노려보며) 재보고 풀어주라 그래. 혼자 잘났다잖아.
세인	너까지 왜 그래 희진아.

희진, 한숨을 쉬더니 하는 수 없다는 듯 성큼성큼 화장실로

134

들어간다. 세인은 내키지 않아하는 미영을 잡아 화장실로 데리고 들어간다. 불이 꺼진 화장실 안에서 셋의 웅성거림이 들린다. 목소리가 잔뜩 겁에 질려있다.

희진목소리 야…
미영목소리 이 사람…, 왜 이래?
희진목소리 불 켜봐.

화장실 안에서 라이터 불이 켜지면, 그 순간 우당탕 소리와 함께 희진을 시작으로 세인, 미영까지 비명을 질러댄다. 셋, 앞 다투어 화장실에서 쏟아져 나온다.

세인 왜 왜, 뭔데, 왜 그래?
희진 방금 눈 떴다니까. 정신이 들었나 봐! 미영이 너도 봤지?
미영 (고개를 격하게 흔들며) 어.
세인 완전 축 늘어져 있던데? 잘못 본 거 아니야?
희진 일단 묶자. 제대로 묶어놔야겠어.

희진, 청테이프를 집어 들고 앞장서서 화장실로 들어가려 한다.

미영 … 난 안 할래.

희진　야이씨!

희진, 미영을 끌고 간다. 셋, 다시 들어간다. 테이프 뜯는 소리가 들리고 이어 물체가 쓰러지는 둔탁한 소리가 들린다.

세인목소리　너 여기 잡아봐.
희진목소리　아야, 나 팔 꼈잖아!
미영목소리　불 켤까?
희진목소리　켜지 마! 얼굴 보기 싫단 말야.
세인목소리　내가 여기 들 테니까 너희가 양쪽 잡아.
희진목소리　근데, 왜 이렇게 차가워?

사이. 셋, 잠시 침묵한다.

미영목소리　이, 일단 끌고 나가자.

물체가 바닥에 끌리는 소리, 셋의 우왕좌왕하는 소리가 들린다. 셋, 동시에 화장실에서 튀어 나온다. 미영, 공포에 질린 얼굴로 바닥에 무너지듯 주저앉더니 양 손에 얼굴을 묻는다.

세인　일단 119에다가…, 아니다. 응급처치부터 할까?
희진　맞아 나 이거 미드에서 봤어. 먼저 찔러야 돼! 너 볼펜 있어? 배, 명치? 뼈 사이? 여기 어디 찌르면 숨 다시 쉬던데. 뭐 뾰족한 거 없어? 피부터 빼야 돼. 뾰족한 거…

희진, 방 안을 정신없이 뒤적거린다. 미영, 주저앉은 채로 몸을 오들오들 떤다.

미영   나 이거, 할머니 돌아가실 때 봤어. 그때와 똑같은 느낌이야. (격해지며) 숨 안 쉬고 있잖아. 손도 차갑고 얼굴색도 이상해.

세인   무슨 소리하는 거야?

미영   … 죽었어. 죽었다구!

세인   그럴 리 없어. 내가 해 볼게, 인공호흡.

세인, 희진을 밀치고 화장실로 들어서려는데 희진이 세인을 잡아 끌어낸다.

희진   만지지 마! 깨어나면 어떡할 건데!

미영   무슨 소리야.

세인   깨어나야지!

희진   깨어나면 분명 우릴 죽이려고 들 거야.

미영   희진아!

희진   그냥 죽게 놔두자.

미영   뭐?

희진   어차피 나쁜 새끼잖아. 나쁜 놈 나쁜 짓 하다가 죽는
       게 뭐? 어차피 죽을 놈이었나 보지 뭐. 갈 때 됐으니까
       간 거 아니야?

       세인과 미영, 경악한 표정으로 희진을 본다.

희진   (패닉상태에 빠져서) 아냐 그래도 죽으면 어떡해. 귀신 돼
       서 막 나 따라 다니면?

미영   … 경찰에 신고하자.

희진   하지 마! 세인이 잡혀 가면 어떡하라고!

세인   야 정희진!

희진   뭐!

세인   세인이가 잡혀가? 나만? 너 미쳤어?

희진   내가 왜 미쳐! 네가 한 거 맞잖아. 네가 하자고 했잖아!

세인   하…!

미영   빨리 너네 자수해야 돼. 빨리…

세인 · 희진 (기가 막혀서) 너네?

       미영, 떨리는 손으로 휴대폰을 쥔다. 희진, 냉큼 휴대폰을 가
       로챈다.

희진	야. 너 인생 조지고 싶어? 깜빵 네가 갈 거야? 네가 다 책임질 거냐고!
미영	그러니까 지금 빨리 해결해야지. 더 늦으면 너희 정말 큰일 나.

미영, 희진에게서 휴대폰을 빼앗아 번호를 누른다.

세인	잠깐, 지금은 안 돼. 다음 주에 기획사 계약하기로 했단 말이야. (뭔가 생각난 듯이) 내가 이사님한테 연락해볼까? 오빠는 차도 있으니까 우리 도와줄 수 있어. 저거 실어다가 옮기면 어때? 일단 다른 데로 옮겨놓고 어떻게 할지 생각해보자.

미영, 세인과 화장실을 번갈아 본다. 천천히 휴대폰을 든 손을 내린다.

미영	믿을 수 있어, 그 사람?
세인	응. 이제부터 내 매니저니까 언제든지 어려운 일 생기면 다 말하라고 했어.
희진	그 남자 뭘 믿고? 절대 안 돼.
미영	그래도 어른이니까…

모텔의 전화벨이 울린다. 화들짝 놀라는 셋, 받지 못하고 서
로 눈치만 본다.

미영, 뛰어가서 전화를 받는다.

미영   여보세요. 네 네. 나갈게요. 네… (끊으려다가 다급하게) 아
저씨. 여보세요? 여보세요? 그런데 여기 사람이…

세인, 잽싸게 전화를 빼앗아 수화기를 막는다.

세인   너 미쳤어?

미영   당장 10분 뒤에 나가래.

세인   (곧장 전화에 대고) 저희 30분만 연장해주세요. 돈은 나갈
때 낼게요.

세인, 전화를 끊고 시간을 확인한다.

세인   돈 얼마 있어? 난 지금 돈 하나도 없어.

희진   (미영을 보며) 나도.

미영   없어…

희진   없기는, 양훈 선물 산다고 모은 돈 있잖아!

미영   그걸 여기서 어떻게 써. 카드 기록 다 남을 텐데!

희진   뭐?

다시 공기가 차가워진다. 세인, 잠깐 망설이다가 화장실로 성큼성큼 들어간다. 미영과 희진이 놀란 얼굴로 보고 있으면, 곧 춘풍의 옷을 뒤지는 소리가 들린다. 세인이 여권 두 개를 들고 나온다.

세인　이 아저씨 왜 여권이 두 개지?

희진과 미영, 세인에게 달라붙어 여권을 함께 살펴본다.

희진　박춘풍?
미영　이수일?
세인　이거 한국 여권 아닌데, 중국인인가?
미영　중국인이라고?
희진　이 아저씨 정체가 뭐야?
세인　위조 여권 같은데?

세인, 여권 두 개를 비교하며 골똘히 본다.

세인　저 아저씨, 국적 이상한 거 맞지? 그럼…, 신원파악 안 되는 거 아냐? 저런 사람들 대부분 한국에 혼자 살잖아.
미영　그래도 가게 주인이었는데?
세인　어차피 불법 포장마차였어. 에버그린.

희진	민증도 없고 지문도 없으니까…

미영, 희진 쪽으로 눈을 돌린다.

희진	… 죽어도 아무도 모르겠네?
미영	그게 무슨 소리야!
희진	저 아저씨 어차피 조폭 아니면 범죄자야. 딱 봐도 뒤에서 뭐하게 생겼어. 얼굴에 칼빵 있었잖아.
세인	있었지.
희진	어디 조직에 있던 거 아닐까? 한국으로 도망 온 거 아니야?
세인	밀수나 장기매매 뭐 그런 거 하다가?
희진	그렇지!
세인	확실해.
희진	어떻게든 죽을 사람이었어.
미영	(너무하다 싶어서) 너희 지금 농담 하는 거지, 응? 세인아. 희진이 쟤 지금 제정신 아니야. 너까지 왜 그래. 아, 그 오빠. 이산지 뭔지 그 사람한테 연락해봐. 얼른!

세인, 심각한 얼굴을 한 채 방 안을 정신없이 왔다 갔다 한다. 희진, 테이블에 앉아 초조하게 다리를 떤다. 방 안이 온통 긴장된 소리들로만 가득하다.

세인   잘 숨겨야 돼.

미영   (경악하며) 뭐?

세인   괜히 오빠한테 말했다가 나 이상한 애로 보면 어떡해. 그랬다가 데뷔도 못하면?

미영   지금 그게 문제야?

세인   그럼 뭐가 문젠데!

희진   어디다 숨기지? 숲에다가? 산 속? 아니면 시멘트 부어서 바다에?

세인, 희진의 말에 진지하게 반응한다. 미영, 질린 눈으로 세인과 희진을 번갈아 본다.

세인   (미영을 보며) 우리 다 같이 하면 할 수 있어.

미영   너넨 미쳤어⋯ (옷 입으며) 몰라. 난 갈 거야. 니들이 알아서 해.

희진, 미영의 가방을 미리 잡아챈다.

희진   너 어차피 못 가.

미영, 가방을 두고 희진과 아웅다웅한다.

세인   여기 앞에 CCTV 있어. 우리 다 빼도 박도 못해.

희진   그리고 너 가면.

미영   가면?

희진   훈이한테 내가 다 얘기 할 거야. 너 춘풍이한테 성추행
          당한 거.

미영   그게 내 잘못이야?

희진   잘못 아니니까 말 한다고.

미영   너 진짜 죽고 싶어?

희진   죽여 봐. 여기서 하나 죽나 두 개 죽나, 그게 뭐 중요하
          겠어?

세인   여기 들어온 이상 우리 다 한 배 탄 거야.

미영, 울컥해서 화를 내려다가 잠시 생각에 빠진다. 그때 화
장실에서 무언가 움직이는 실루엣이 보인다. 하지만 셋 중
아무도 이를 알아채지 못한다. 미영, 갑자기 엉엉 소리를 내
며 울어버린다.

미영   아빠아…, 나 이제 어떡해…, 훈아…

희진   이 판국에도 남자 타령 하는 거봐 쟤.

미영   이게 다 너네 때문이야. 내가 뭘 잘 못했는데! 난 아무
          것도 안 했는데!

세인   이러고 있을 시간 없어.

144

희진　나 갑자기 차미영이 제일 수상한 것 같은데?

미영　(울먹이며) 뭐어!

희진　너 들어갔다 나온 다음에 그렇게 된 거잖아. 우리가 마지막으로 봤을 땐 멀쩡했어.

미영　말이 되는 소리를 해!

희진　춘풍이가 다리 만졌다고 했을 때. 죽여 버리고 싶다고 했잖아!

세인　솔직히 네가 죽였다는 게 가장 말이 되긴 해.

미영　(어이없어서) 너희 둘 다 미쳤어.

희진　지랄. 얘 뭐래는 거니?

세인　네가 미쳤지… 지금 너 때문에 무슨 일이 벌어졌는지 똑똑히 봐.

미영　이게 왜 나 때문이야?

세인　애 같이 굴지 마.

미영　너흰 어른이라서 사람 죽이고 그래?

세인　(얄밉게) 죽인 건 너구.

미영　너야말로 어른인 척 하지 마. 이번에는 이사님이야? 진짜 너 좋아서 그러는 것 같아? 너 어떻게 한 번 해보려고 그러는 거잖아. 네가 존나 싸게 구니까.

세인　막나가는구나 너? 말 다했냐?

미영　착각하지 말라고. 너 연예인 할 만큼 안 예뻐. 너 하나도 특별한 거 없어.

세인	너나 내숭 그만 떨어. 독서실 옥상에서도 남자랑 하는 주제에.
미영	누가 그래!
세인	얌전한 고양이가 부뚜막 먼저 올라가는 거지. 근데 너 그거 모르지? 너네 훈이 희진이랑 했다.
미영	뭐어?
세인	둘이 잤다고.
희진	야!
세인	니 사랑은 되게 특별한 줄 알았어?
희진	김세인 지금 구라치는 거야. 너 믿는 거 아니지?
세인	(미영을 보며) 너도 눈치가 있을 거 아냐. (희진에게) 양심 있으면 그냥 불어. 여기까지 와서 무슨 비밀이 더 있는데.
희진	너 돌았냐? 그게 아니잖아…, 미영아…

희진, 미영의 팔을 붙잡는다. 미영, 뿌리치며 희진의 뺨을 세게 내리친다. 희진, 뺨을 부여잡고 과장된 동작으로 뒤로 물러선다.

| 미영 | … 더러운 년. |

희진, 앞머리를 넘기면서 뻔뻔한 표정으로 미영을 쏘아본다. 서로 지지 않고 강하게 노려본다.

희진 내가 억지로 빼앗았어?

미영 뭐?

희진 네가 매력이 없으니까 그런 거지! 너, 몸도 어린애 같
     잖아.

미영, 분에 차 다시 손이 올라간다.

희진 또 치게? 쳐, 쳐봐!

미영, 때릴 듯 말 듯 멈칫한다.

희진 왜? 치라니까?

희진, 미영에게 머리를 들이민다. 몸으로 옆에 놓인 테이블
을 불안하게 흔든다. 그 위에 놓인 세인의 칼이 달그락 거린
다. 세인, 테이블을 주시하다 슬그머니 그쪽으로 간다. 희진,
미영은 이를 모른 채 기 싸움을 하고 있다. 세인, 칼을 들고
미영의 뒤로 슬며시 빠지는데 그때 미영, 휙 하고 뒤를 돌아
세인과 마주친다.

미영 너 뭐하는 거야…?

세인 어? 아니 이게 좀 위험할 것 같아서.

147

미영   … 너 지금 뒤에서 나한테 뭐하려고 한 거야?

세인   너네 싸우다 다칠 것 같아서 치운 거라니까.

미영, 세인에게 칼을 뺏으려 한다. 세인, 뺏기지 않으려 더 꽉 힘을 준다. 둘의 손이 칼날 아래에 엇갈려있다.

세인   왜 이래?

미영   이리 내!

희진, 그 사이에 칼을 뺏으려고 덤벼드는데 미영, 힘을 줘서 뺏는다. 희진, 순간 칼에 손이 베인다. 상처를 잡고 아파한다. 세인, 희진의 손을 지혈시킨다.
미영은 얼굴이 조금 상기된 채 두려운 기색으로 칼을 들고 있다.

희진   너 일부러 그랬지!

미영, 칼로 자신을 지키려는 듯 희진과 세인을 경계한다.

미영   내가 니들이랑 진작 연을 끊었어야 되는데.

세인   차미영 너, 그것부터 내려놔.

희진   (비아냥거리며) 쟤가 우리 다 죽일 건 가봐. 다 해 봐. 이

148

살인자야. 감방 가서 늙어 죽어라.

미영 살인자는 너고!

세인 너네 진짜…!

희진 감방 가면 그 좋은 훈이도 못 볼 텐데 어쩌니? 아, 내가 만나면 되겠다. 걔 그것도 잘하던데 잘됐지 뭐. 너 모르는 거 또 가르쳐 줄까?

미영, 눈이 반쯤 돌아 희진에게 달려드는데 희진, 비명을 지르며 피한다.

희진 진짜 돌았어!

세인 미영아…

미영 (세인을 노려보며, 칼을 보이며) 너도 입 다물어. 다 가만 안 둘 테니까!

세인, 미영에게서 뒷걸음질 친다. 희진, 침대를 뛰어넘는다. 바닥의 옷가지와 사물들이 발에 치여 넘어질 뻔하고, 미영은 칼을 겨눈 채 희진을 구석으로 몰아간다. 세인, 놀라서 순간 입을 막는다.

희진 미영아 잠깐, 잠깐만…

미영 (눈이 돌아서) 계속 주둥이 지껄여봐. 너 훈이랑 언제부

149

터야? 언제? 어디서? 몇 번?

희진   딱 한 번! 진짜야 딱 한 번!

희진, 곁눈질로 세인을 계속 보고 있다. 세인, 안절부절 못해 한다.

세인   제발 미영아. 우리 이러면 안 돼.

미영, 세인의 말을 무시한 채 희진에게 점점 더 가까워진다.

미영   (희진에게) 좋았어? 나 병신 만드니까? 내가 호구로 보여? 한 번?

희진   … 딱 두 번. 두 번이야 진짜!

미영, 희진을 향해 칼을 내리 꽂으려고 한다. 희진, 비명을 지르며 그 찰나에 미영을 밀쳐낸다. 미영, 화장실 앞으로 넘어진다. 그 충격으로 칼이 손에서 쓱 빠져나간다. 칼이 화장실 문틈으로 들어가 버렸다. 순간 정적이 흐른다.
미영, 흥분이 가시지 않은 듯 씩씩거리며 희진을 노려본다.

미영   갖고 나와.

희진   뭐어?

미영	니가 갖고 나오라고.
희진	죽은 사람 있는데 어떻게 들어가…
세인	(짜증내며) 어쩔 거야 니네!
희진	가위바위보…?
미영	가위바위보 같은 소리 하고 있네.
세인	미친다 진짜.

그때 벌컥 화장실 문이 열리고 춘풍이 나온다. 흰 삼각팬티에 늘어난 러닝셔츠 차림, 희끗한 머리칼은 흐트러져 부스스하다. 그의 손에는 칼이 들려있다. 그대로 굳어진 채 숨소리 하나 내지 못하는 소녀들.

세인	아…, 아저씨…

춘풍, 턱하니 세인의 손에 칼을 쥐어준다. 세인, 벙찐 채 칼을 받는다. 춘풍은 비척비척 테이블 의자로 가 앉더니 담배를 한 대 피워 문다.

미영	다행이다…

미영은 다리가 풀려 주저앉아버린다. 춘풍, 스트레칭으로 우두둑 소리를 내며 몸을 푼다. 의자에 깊게 앉는다. 방 안의

151

분위기가 삼엄해진다.

춘풍 목이 좀 타네…

서로 곁눈질하는데 세인, 냉큼 냉장고에서 물을 꺼낸다. 떨리는 손으로 건네면 춘풍, 곧장 벌컥 벌컥 마신다. 다 마신 병을 구겨 쓰레기통에 휙 던진다.

춘풍 (미영을 보며) 칼은 그렇게 함부로 휘두르는 게 아니야. (동작하며) 한방에 급소를 향해서 잽싸게 딱, 파팍!

어느새 선생님께 혼나듯 조아리고 나란히 선 소녀들. 그의 손에 실제 칼이 있는 듯 움찔한다.

춘풍 확실히 찔러 버려야지. 빙빙 둘러봤자 칼 쥔 놈만 다치는 거야. 알았어?… 미영아.
미영 (흠칫 놀라며) 네!
춘풍 너 훈이가 그렇게 좋냐? 파란 오토바이? 얼굴 허얘서 이쁘장한 놈?
미영 어떻게 아세…
춘풍 그놈은 널 좋아하는 것이 아니야.

희진, 무언의 끄덕임을 한다.

춘풍   (희진에게) 너도 아니고. 둘이서 머리끄덩이 당길 필요가 없어. 가게에 걔가 데리고 온 계집애들이 몇인 줄 아냐. (손가락 세며) 하나 둘, 셋…, 아이씨 못 세겠다.

춘풍, 몸을 일으켜 벗어둔 옷을 찾는다. 그 안에서 핸드폰을 꺼내더니 사진을 찍기 시작한다. 무심하게 소녀들을 한 명씩 찍고는, 전기충격기, 방망이, 청테이프 등을 가로 세로 돌려가며 세심하게 찍는다.

세인   저, 지금 뭐 하시는…?
춘풍   (사진 찍기를 멈추지 않고) 너는 연예인을 하겠다고?
세인   네? 네…
춘풍   뭐 누구, 매니저?
세인   이사님이요?
춘풍   그래 그거. 그놈도 너 좋아하는 거 아니야. 남자를 몰라도 한참 몰라요. 남자만 모르냐. 그것도 아니지. 아는 게 뭐냐? 아까는 뭐, 나를 죽여다 산에 묻고 시멘트를 붓고. 허허허 니들이 삽이나 쥐겠냐? 그 손으로.

사진 찍기를 멈추며 이번엔 어디론가 전화를 거는 춘풍.

춘풍 녹음을 해 놨어야 되는데 아깝네. (전화에 대고) 어, 경찰
서죠? 여기 지금 폭행 감금에⋯, 네, 증거도 다 찍어 놨
구요.

화들짝 놀라 핸드폰을 빼앗는 희진과 세인, 서둘러 전화를
끊는다.

세인 폭행은 누가 폭행을 했다 그래요.

희진 이게 다 아저씨가 먼저 미영일 성추행 하셔서 그런 거
잖아요.

춘풍 내가? 성추행을 했다고? 진짜냐 미영아?

미영 (눈치를 보며) 그게⋯

춘풍 편하게 해 편하게.

미영 제 몸을 약간 더듬으시긴 했는데⋯

춘풍 그것은 내가 널 보면 고향에 있는 동생이 생각나서 그
런 거라 했냐 안했냐.

미영 하긴, 했어요.

춘풍 그래 착하네. 앞으론 저런 나쁜 애들이랑 놀지 말어.

춘풍, 일어나서 바닥에 체이는 것을 집어 든다. 전기충격기다.
이리저리 만지며 작동시킨다. 곧 손에 충격기를 갖다 댄다.

154

춘풍 어우 간지러워라.

춘풍, 껄껄 웃으며 충격기를 바닥에 내팽개친다. 섬뜩한 웃음에 소녀들은 쪼그라든다.

춘풍 너희들은 애들이 왜 이렇게 못됐냐? 이걸로 날 죽이려고 한 거야?

희진 죄송…, 합니다.

춘풍, 밧줄을 집어보고 방망이도 휘둘러본다. 소녀들은 그의 행동범위에 안 걸리도록 몸을 피한다.

춘풍 느그는 나 못 이겨… 힘이 돼, 법을 알아? 증거는 내가 다 찍어 놨으니까 이제 책임들 져야지. (옷을 챙겨 입으며) 미영아.

미영 네?

춘풍 너네 집 저기 사거리 오른쪽, 2동 맞지?

미영 네?

춘풍 아부지가 혼자 딸 힘들게 키우시는데 니가 이러고 다니면 되겠냐?

미영 …

춘풍 안 되겠냐?

미영   … 안 돼요.

춘풍   아부지 속상하시지.

미영   아저씨 아빠한테는 안 돼요

춘풍   …

미영   (싹싹 빌며) 아저씨 제발요.

춘풍   (미영을 잠시 보다가) 넌 빼줄게. 나도 좀 미안하니까?

미영   가, 감사합니다.

공기가 다시 경직된다. 세인, 눈치를 보다가 희진을 잡아끌고 춘풍 앞에 무릎을 꿇는다. 손을 싹싹 빈다.

세인   잘못했어요 아저씨, 한 번만 봐주세요.

희진   네 저희가 정말 그러려고 그런 건 아닌데요. 죽을죄를 지었습니다. 잘못했어요.

춘풍, 그 모습을 이죽거리며 보다가 바닥에 뒹굴고 있는 액체괴물을 주워든다.

춘풍   이건 또 뭐냐?

희진   그거 그냥 장난감…

춘풍, 액체괴물을 손으로 주물럭거리다 위로 높이 던졌다 다시 받는다.

춘풍   이걸로 뭐 때려죽일 수 있겠냐. 말랑말랑해가지고…

춘풍, 액체괴물을 그들에게 던지는데 미영이 받아낸다.

춘풍   이번엔 특별히 내가 봐줄 테니까, 앞으론 그런 거 가지고 놀면서 착하게 살어. 알겠냐?

희진   네! 진짜 착하게 살게요.

세인   아저씨 감사합니다.

희진   정말 감사합니다.

춘풍   (주변을 둘러보며) 그리고 니들 벌써부터 이런데 드나들면 여자 팔자 기구해지는 거야. 좋은 데 다녀라. 이런 싸구려 모텔 말고.

춘풍, 방을 나선다.

희진   조심히 들어가세요.

세인   안녕히 가세요.

춘풍   (나가다 돌아서며) 세인이 너는 그런 짧은 치마 입지 말고. 어린 애가 그게 뭐냐.

세인   …

춘풍 너 암만 그러고 다녀도 어른들은 고딩인 거 다 알아.
모텔 주인도 니들 다 고 받는 거야. (손으로 돈 모양하며)
고딩 잡아야 이게 되니까.

세인 …

춘풍 좋은 어른 하나 없지? 근데 뭐 니들도 착한 고딩은 아
니잖아?

일동 …

춘풍 또 보자. 불량 학생들.

춘풍이 나가자, 소녀들은 그 자세 그대로 서로의 눈을 쳐다
본다. 사이. 희진, 창문으로 춘풍이 나가는 걸 보고 있다.

희진 간다.

세인 우리도 나갈까?

희진 어, 빨리 째자.

세인과 희진, 서둘러서 짐을 챙긴다. 미영, 그대로 가만히 서
있다. 손으로 액체괴물을 만지작거리고 있다.

세인 (미영에게) 뭐해!

미영 …

희진 나와.

세인	미영아!
미영	… 나 한대만 때려주라.
세인	뭐?
미영	우리 한대씩 때리자.
희진	야, 내가 미안하다니까.
미영	때려.
희진	존나 지겹게 구네. 사과하잖아.
세인	그래 그만하고, 일단 나가자.
미영	… 우리 오늘 저 새끼한테 당한 거야.
희진	어?
세인	그게 무슨…
미영	신고하자.
희진	신고?
미영	여기가 어디야?
희진	갑자기 뭐래.
미영	여기 모텔이잖아. 우리한테 유리한 장소 아냐?

어안이 벙벙한 표정의 세인과 희진.

희진	세인아 얘 뭐래는 거야?
미영	저 아저씨가 사진 찍어갔잖아. 여기 CCTV에 우리 다 찍혔고 아저씨가 우리 이름에 나이, 어디 사는지, 부모

님이 누군지도 다 알아.

희진 … 봐준다잖아.

미영 그 말 믿어? 안 봐주면?

희진 그럼 어쩌자고.

미영 우리가 신고하면 돼.

희진 뭐라고 신고를 해?

미영 우린 나쁜 어른한테 잘못 끌려온 거야. 그리고 이 음침한 모텔방에서 폭행 당했어. 그나마 우리 셋이 함께 있어서 이만하길 끝난 거야. 정말 다행히.

희진 아…

세인 맞네. 우리가 당했다고 하면 되네.

희진 누가 들어도 우리말을 믿겠다, 그치?

미영 거짓말 아니잖아.

세인과 희진, 눈이 동그래져서 미영을 본다.

미영 나 진짜 성추행 당했잖아.

희진 (안도하며) 어, 맞아 맞아.

세인 너 저 새끼가 다리 만졌을 때 소름끼쳤다고 했지?

희진 엉덩이 밀착한 사건도 있었잖아.

세인 아씨, 더러워.

희진 진짜 온몸에 털이 다 곤두선다.

미영	나 언제든 신고하려고 했어.
세인	응.
희진	아까도 봤지? 그 변태 새끼가 미영이 쳐다볼 때.
세인	봤지. 위에서 아래로 훑는 거.
미영	아까 툭툭 치면서 내 속옷 끈 더듬었어.
희진	롤리타야? 진짜 개소름이다.

사이. 서로 어색하게 쳐다보고 있는 소녀들.

미영	얼굴 위주로 때려. 티가 나야 돼.
세인	(미영을 보며) 괜찮겠어?
미영	… 복수해야지.
세인	그래. 나쁜 놈은 응징해야지.
희진	(눈치를 보며) 괜찮겠지?
미영	누구부터 갈래?

미영과 세인, 희진은 말없이 서로를 본다.

미영	동시에 가자. 시계 방향으로.

순간 바람에 창문이 열린다. 밤의 번화가 소리가 확 밀려든다.

일동   자 그럼 하나, 둘, 셋…!

미영, 세인을 향해 그리고 세인은 희진을 향해 서로 달려든
다. 무대 어두워진다. 밤의 소리에 소녀들의 비명과 폭력의
소리가 뒤엉킨다.

막.

폭탄돌리기

차인영

• 작의 : 당신의 인생은 얼마짜린가요.

모든 사람은 선의 위에 서 있다고 믿는다. 그러나 한편
으로 인간의 마음 끝 간 곳을 바라보는 일말의 호기심도
무시할 수 없다. 대체 그곳엔 무엇이 있을까.
잊을 만하면 크게 터지는 사기사건.
의도치 않게 각자 감당하지 못할 폭탄을 껴안고 살벌한
데스게임의 링 위에 서 버린 사람들. 모든 게 돈값으로
계산되는 무법천지의 상황에서 갑자기 궁금증이 인다.
대체 우리의 인생은 얼마짜리인가. 돈보다 높은 가치가
있다지만 과연, 우리는 어디까지 돈에서 자유로울 수 있
을까.
세상이 던진 폭탄을 서로에게 던지는 이 아수라장 속에
낱낱이 드러나는 인간군상의 밑바닥. 수치를 모르면 사
람이 아니랬는데, 과연 그 수치심은 누구의 몫인가.
지금, 당신의 손에 들린 것은 무엇인가.

등장인물

호경(여, 30대 초·중반) : 만삭의 임산부.
고객1 : 행복적립금 구매자. 80만 원어치 산 이 사태의
피해자.
고객2 : 행복적립금 구매자이자 이 사태의 피해자.
대표 : 행복적립금 대표.
직원1, 2 : 사무실에 감금되어버린 불운의 직원들.
방역직원 : 보건소에서 방역 나온 방역담당 직원.
119구조대 직원1, 2

때

사건발생 1-2일차.

장소

폭격 맞은 듯 엉망진창이 된, 한때는 힙한 스튜디오 느낌
을 풍겼을, 고가의 조명이 천장에 달린 사무실.

1.

으스스한 분위기의 음악이 흐른다.

어두운 사무실 내부.

마치 귀신의 집 내부 같은 으스스한. 집기들도 엉망으로 뒤집힌.

휴대폰 라이트를 켠 채 들어오는 임산부 호경과 고객1.

호경   내 돈 내놔!

정적.

호경   저기요… 아무도 없어요?

고객1   고객사무실이 여기 맞죠?

호경   맞아요.

고객1   … 어떻게 확신해요? 와본 적 있어요?

호경   … 제가요?

고객2   (버럭) 나가!

호경   (비명) 깜짝야!

호경, 급히 벽에 붙은 스위치를 켜는.

바닥에 시체처럼 널브러진 고객2.

고객1 왜 소리를 지르고 그러세요.

고객2 여기 순서 있으니까 나가요 당장.

호경 저희도 피해자예요. 아래 줄 서 있다가 도저히 안 되겠
어서 올라왔구요.

고객2 줄을 서겠다고? 여기 사람들 죄다 널브러진 거 안 보
여요? 우리가 몇 시부터 와서 기다렸는지 알아요? 기
다리다 지쳐서 잠깐 앉았더니 그새 비집고 들어와선.
새치기할 생각 마요.

호경 환불은 어떻게, 되고 있어요?

고객2 딱 보면 모르나 개판인 거.

호경 여기 다 피해자예요? 직원들은요?

고객2 그 머저리들? 저 안쪽에 있는데 가보시든지.

'저쪽'에 박스를 펼쳐 벽처럼 막아놨다.

호경 왜 박스로 텐트를.

박스 안쪽으로 고개를 들이미는 고객1.

고객1 저기요?

직원1 나가요!

직원1, 소화기를 겨눈 채 주춤주춤 나온다. 목에 대충 널빤지 등으로 모형깁스를 덧댄 직원2, 직원1 뒤에서 따라 나오는.

호경 (놀라) 잠시만요! 일단 그 소화기부터 놓으시고… 우리한테 쏠 건 아니죠?

직원2 내 말은 들어주지도 않고… 막 먹살 잡고 막 머리채 잡고 막… 병원도 못 가고 지금…

호경 진정하시고요, 저희는 방금 왔는데요… 환불은 되고 있나요?

직원2 못해요 지금.

고객1 야!

직원1 말씀드릴게요. 환불처리하려면 노트북이 있어야 하는데 그 노트북을 어떤 분이 가지고 가셨어요. 프로그램이 없으니 저희도 미칠 지경입니다.

고객1 작업용 노트북을 들고 튀었다고요 누가?

직원2 빨간 잠바 입은 남자분이…

호경 빨간 잠바? 빨리 잡아야죠!

직원1 그분이 너무 빠르셔서…

호경 신고는?

직원2 못 합니다.

고객1 이런 미친, 그럼 어떻게든 사수했어야지! 너무 늦게 왔
네 너무 늦게 왔어.

호경 다른 방법은요?

직원2 저흰 아무것도 몰라요 그냥 직원이에요. 돌아가면서
재택근무 하던 중이었어요. 퇴근은커녕 지금 화장실도
못 가게 하시잖아요. 어제부터 쭉.

호경 환불해주면 갈 수 있겠죠.

직원1 어제도 그런 말씀 하셨었는데요,

호경 내가요?

직원1 (후다닥 통장 내보이는) 보십쇼 선생님. 저희 지금 통장잔
고에 딱,

호경 (낚아채) 일,십,백,천,만,십만,천만… 억? 2억?

고객1 (화색이 도는) 2억이나 있네!

호경 됐네, 됐어. 빨리 환불해줘요.

고객1 난 팔십 만원. 내 계좌가, (휴대폰 보고 읽는) 신용은행 일
이삼,

직원1 안 됩니다.

호경 안, 돼?

직원2 못합니다. 이 돈을 다 털어도 전체 환불이 어렵습니다.

고객1 전체 환불이라니, 우리부터 해줘요. 지금 이 자리에 있
는 우리만.

호경   아 그리고 밖에 사람들도 불러서,

고객1   쉿.

직원1   쉿.

직원2   쉿.

호경   ⋯ 쉿.

고객1   이럴 때는, 내 밥그릇 먼저 챙기고. 2억이 있는데.

호경   그래도 이건,

고객1   피해금액이 얼마랬죠?

호경   1억이요.

고객1   이, 일억? 아까 오천이라고⋯

호경   (단호한) 일억요.

직원1   일억이요?

직원2   그런 금액은 저희가 확인했을 때는,

직원1   구매처가 어디신가요? 확인해 봐봐.

직원2   (찾다가) 아⋯

직원1   왜?

직원2   그 노트북에 다 있잖아요. 근데 일억이면. 저희 명단에는. (없었던 것 같아요)

직원1   그렇죠, 천만 원대는 봤는데⋯

호경   지금, 내가, 거짓말이라도 한다는 거예요? (부른 배를 부둥켜안고) 우리 애 걸고, 절대 아니에요! (갑자기 주저앉는) 아, 배야⋯

고객1 어머어머어머! 어떡해!

호경 나랑, 내 아기 잘못되면… 둘 다… (신음하는)

고객1 소파 없어? 의자라도 좀 가져와 봐요!

직원1 없습니다!

고객1 뭐?

직원2 저희도 안 드리고 싶어서 이러는 게 아니라요, 진짜 없어요. 저 밖에서부터 초토화된 거 보셨죠? 어제 오신 분들이 싹 쓸어가셨다고요…

정적.

호경 … 지금 끝까지 가보자는 건가요?

직원2 예?

직원1 네?

고객1 엥?

호경 아니, 눈앞에 있는 이 통장에 2억이 있는데. 못 주겠다는 거 아녜요!

직원2 이건 저희가 어떻게 할 수 있는 통장이 아니에요. 최후의,

고객1 이 사람아! 지금이 최후야! 보면 모르겠어?

호경 그래, 비상금 통장이면 지금이 쓸 때야.

정적.

170

호경	죽기 살기로 가보시겠다?
고객1	2억마저 들고 튀겠다 뭐 이런 의지의 표명?
직원1	아뇨 아뇨 그게 아니라. (무릎 꿇고 엎드린다) 정말 죄송합니다.
호경	말을 이상하게 하시네. 2억은 있는데 환불은 못해주겠고. 정말 죄송하긴 한데 못해주겠고. 대표 번호 내놔요.
직원2	저희가 막 인출할 수 있는 돈이 아니에요. 이러시면 곤란하고요…
호경	나도 곤란해서 이래요. 대표 번호 불러요.
직원1	저희가 나가서 찾아볼게요. 내보내주시면…
고객1	비상연락망도 없어요?
직원2	그게 있었으면 저희가 잡혀있진 않겠죠. 일단 여기서 나가서 대표님 만나면.
호경	연락도 안 된다면서 어떻게 만나요.
고객1	어딨는지는 안단 얘긴데.
직원1	몰라요, 정말… 저희가 이 2억 전부 빼서 환불을 해드리고 싶은데.
호경	싶은데?
직원1	이 통장이, 저희 급여비 통장입니다.
고객1	(흔들리는) 급여… 통장요?
호경	흔들리지 마요. 급여통장이면 뭐. 지금 댁들 급여통장이니까 봐달라는 거야 뭐야. (사이) 난 지금 일억을 뜯겼

다고. 2억이나 담긴 통장이 있으니 왜, 일억은 우스워?
돈도 아니야?

고객1 난 당장 라면 한 봉지 사 먹을 돈도 없어.

호경 난 물건 판 대금만 해도 지금 5천만 원이 넘어요, 그 상
품권으로 다들 사가는 바람에… 어떻게, 이 몸으로 나
가서 장기라도 팔까요?

고객1 아가 듣겠다. 그런 말은 조심.

호경 '매 결제시 무제한 20퍼센트 할인! 백화점에서도 상시
20퍼센트 할인!'이렇게 완벽한데, 안 쓰는 게 바보죠?
당신들, 곧 있으면 어디 은행이랑 제휴 맺고 카드도 출
시한다며.

직원1 아 예예 맞습니다. 업계 1위 행복은행이랑 하기로 했
었죠. 마침 저희 상품권도 '행복적립금'이고, 시중에
있는 업계 1위, 행복은행이 또 이름이 아주 비슷하다
보니까.

호경 그럼 뭐해, 그럼 뭐하냐고! 이미 망한 걸!

고객1 은행이랑 제휴해서 카드까지? 아니 그렇게 잘 크고 있
었는데 대체 왜 망한 거야?

정적.

호경 이게 바로 사기야.

172

직원 2　사기라뇨. 그렇게 모시면 안 되죠. 솔직히 그동안 행복
　　　　적립금으로 덕 많이 보셨잖아요.

호경　그게 왜 덕본 거예요 부지런한 사람들이 성취한 거지.

직원 1　그럼요 그럼요. 환불은 꼭 해드립니다. 약속드릴게요.

호경　언제?

정적.

직원　당장은 어렵지만 차차…

호경　탈탈 털린 엉망진창인 사무실에, 대표는 연락도 안 되
　　　　고 환불처리도 못하는 직원만 둘. 근데 환불을 해준다
　　　　고요? 어떻게? (사이) (엉엉 우는) 나 어떡해…

직원 2　일단 진정하시고요… (사이) 저… 그리고… (사이) 화장
　　　　실 좀…

호경　(순간 확 열 받는) 내 인생은 똥통에 빠진 시궁창인데 뭐?
　　　　화장시일? (사이) 그냥 싸.

2.

터덜터덜 걸어오는 호경과 고객1.

고객2, 서 있다가 호경과 고객1에게 다가간다.

고객2 뭐랍니까.

호경 (절망적인) 바로 환불은 어렵다고…

고객1 저기. 내보내 봅시다. 대표랑 만나야 뭐가 좀…

고객2 얼씨구.

호경 무슨 소리세요. 자기들도 대표랑 연락이 안 된다잖아
요. 쟤네 나가면 우리 다 끝이에요. (단호) 쟤들이 마지
막 보루라고요.

고객1 그치만 화장실도 못 가게 하는 건…

호경 화장실 간다 하고 도망치면요. 누가 책임지나요?

고객1 되게 매정하다.

호경 여기 올라와보자고 먼저 말 꺼낸 게 누구시더라?

고객1 아무튼 화장실까지 막는 건 불법이에요. 감금이라구요.

호경 성인군자 납셨네요. 그럼 내보내 주시던가요, 환불 포
기하고.

고객1 말을 못됐게 하네. 임산부가, 아가 듣겠네. 마음 좀 곱

게 써요.

호경 그 얘기가 여기서 왜 나와요? 그러는 아줌만 당장 라
면 한 봉지 값도 없으면서 너무 위선 아닌가?

고객1 (버럭, 호경에게 삿대질하는) 나 아줌마 아냐!

호경 아니면 아니지 왜 반말에 삿대질? 언제 봤다고?

고객1 그럼, 나보다 열 살은 어려 보이는데 존대하리?

호경 나이 먹은 게 유세야?

고객2 아휴 좀 조용히 합시다.

호경·고객1 (동시에) 넌 빠져!

찰나의 난타전. 호경과 고객1, 서로에게 달려드는, 땡, 하고
엘리베이터 멈추는 소리.
곧 방역복을 차려입은 방역직원이 등장, 걸어오다 놀란다.

방역 소독 좀 하겠… 어어 지금 뭐하시는 거예요? 거리두기
모르세요? 왜 머리채들을 잡고 싸우세요. 아니 임신하
신 분이 마스크도 안 쓰시고. 아무리 해이해졌다지만
참. 물러서요! 그 손들 놓으시고.

호경과 고객1, 주춤주춤 물러서는.
이미 한바탕 해서 둘 다 차림새며 모양이 엉망이다.

호경　(헉헉대는) 소독, 소독을, (하아) 하겠다고요? 이 와중에?

방역　보건소에서 신고 받고 나왔습니다. 다들 여기서 뭐하세요?

고객 1　그게요… (숨이 가쁜) 그… 행복, 적립금이라고…

방역　아니 이 시국에. 여기 지금 거리두기 다 무시하시고 지금. 어허. 재확산 모릅니까? 재확산? 마스크 쓰세요.

호경　쓸게요… 쓰는데… (숨 들이쉬는)

방역　이런 밀폐된 공간에 하나 두울 셋… 열 분이 넘게 이렇게 환기도 안 되는 곳에서, 예? 수칙만 제대로 지켜주셔도 전파를 막을 수 있어요 예? 공무원이랑 의료진들이 뼈 갈면서 일하면 뭐하나.

후다닥 마스크를 쓰는 호경과 고객1, 고객2.

방역직원, 소독약을 분사하려 하는,

호경　어어어 그거 뿌리게요? 우리 다 썼잖아요 마스크.

고객 2　잠깐만. 그걸 왜 뿌려, 여기 사람 있어요.

고객 1　우린 백신도 3차까지 다 맞았구…

방역　본인이 무증상감염자일지 누가 알죠? 가뜩이나 요즘 검사도 잘 안하는 추센데. 여러분 하나, 하나가 다- 병균덩어립니다. (사이) 절차상 반드시 소독을 해야 합니다. 자, 물러서요.

고객1   지금 여기서 소독약을 뿌리면 우리는 다 어쩌고요.

호경   병균이 아니라 사람 잡겠네.

방역   거기 계속 서 계시면 진짜로 맞아요? 비켜요.

호경과 고객1, 고객2가 셋이 뭉치며 주저앉는, 콜록이며 기침하는.

방역직원, 여기저기 소독하는,

방역   그쪽은 뿌리지도 않았습니다.

고객2   어쨌든, 소독약이잖아요… 임산부도 있는데 막 그렇게 뿌려도 되나.

방역   그러니까, 마스크 제대로 쓰시고요. 거리두기 예? 거리두기. 계신 곳에는 안 뿌렸어요. 세 시간, 세 시간 후에 다시 방문하겠습니다. 그 전에 웬만하면 귀가하세요. 싸우지들 마시고요.

방역직원, 사라지는.

호경과 고객1, 고객2가 서로를 뿌리치고 셋이 갈라져 아무데나 주저앉는.

3.

박스 안쪽에서 고개 내미는 직원1과 직원2.
고요해지자 몸을 빼는.
박스 바깥으로 나온 직원2는 몸을 동동거린다.

직원1　차라리 더 크게 싸우면 도망칠 텐데.

직원2　아우… 나 쌀 것 같은데.

직원1　좀만 참아봐… 여기, 화분.

직원2　화분 뭐. 어떻게, 얘는 살아남았대?

직원1　대표님 책상 밑에 있던 거.

직원2　여기다 싸라고?

직원1　그럼 어떡해. 바지에 쌀 거야?

직원2　아으 미치겠네…

직원2, 화분 쪽으로 갔다 돌아왔다 하는.

직원2　나 못 싸… (울먹이는) 나 화분에 못 싸아…

직원1　야 너 그러다 방광염 걸려. 깔끔한 척 하지 말고 싸. (사이) 아?!

직원2   왜왜…

직원1   내가 너 구해줄게 기다려 봐.

휴대폰 꺼내는 직원1, 어디론가 전화를 건다.

안내원   네 119입니다.

직원1   여기, 여기 긴급상황이에요! 사람이 죽어가요. 빨리 좀 와주세요!

구급차 사이렌과 함께, 암전…

4.

흐느끼는 소리들… 훌쩍이는 소리도 들리고…

땡, 하고 엘리베이터 멈추는 소리.

119대원1과 휴대용 들것 들고 따라오는 119대원2.

대원1　119에서 왔습니다. (널브러진 호경에게 다가가 부축하는) 환자분? 괜찮으세요? 정신이 드세요? 임산부?

대원2　(후다닥 달려와) 탈습니까? 들것 펼까요?

대원1　구조대원입니다. 환자분, 성함이 어떻게 되세요.

호경　(울먹) 놔요… (흐느끼며) 괜찮으니까 신경 끄라고…

대원2　멀쩡, 한데요.

대원1　불편하시면 바로 말씀하세요.

호경을 두고 고객1에게 다가가 부축하는 대원1.

대원1　선생님. 좀 일어나보세요. 119입니다. 신고하셨어요?

고객1　(말할 힘도 없고 손들어 아니라고 휘젓는)

대원1　아니라고요? 뭐야, 여기 사람들 다 쓰러져 있어.

대원2　한둘이 아닌데? 신고자는?

대원1   전화해봐.

안쪽에서 들리는 휴대폰 벨소리.

대원1   저쪽이다.

5.

박스에 몸을 붙인 채 동동거리는 직원2와 휴대폰 든 직원1.
대원1과 2, 들어온다.

대원1 신고자분? 맞으세요?

직원1 아니 그러니까. 저 맞아요 신고자예요.

대원1 (황당) 근데 지금 두 분 다 멀쩡하신데?

직원2 (식은땀 뻘뻘) 제가요…? 목에 깁스했는데? (주저앉는)

대원1 의식이 다 있으시니까요.

대원2 들것 폅니다. (들고 온 들것을 펼치는)

대원1 환자분, 일단 이쪽으로 누우실게요. 어디가 어떻게 아
프시죠?

직원2 (들것에 구르듯 누워) 그, 그러니까… (앞섶을 움켜쥐는) 으
악… 제가요… 화장실을…

대원1 화장실요? 어느 쪽 배가 아프신데요? 누를게요.

대원1, 직원2의 배를 누르는,

직원2 누르지 마요 잠깐만!

182

대원1　(직원2의 배를 여기저기 눌러보는) 이쪽이요? 이쪽?

직원1　(만류하는) 아니 잠깐 그게요…

쏴아아… 시원하게 터지는 물줄기 소리.

직원1과 대원2, 얼른 일어나 두 사람을 등지고 선다.

대원1, 천천히 얼굴을 손으로 훑는다.

직원2　(울부짖는) 누르지, 말랬잖아요! (옷을 입안에 우겨넣고 엉엉 우는)

암전…

잠시 후 조명 들어오면, 셔츠를 허리에 감고 있는 직원2, 대원2가 직원2 목에 깁스 해주는, 물수건으로 얼굴을 벅벅 닦고 머리를 터는 대원1.

직원2　밖에 보셨죠. 저희 지금 여기 갇혀있어요. 이틀째요. 오죽하면… 쌌겠어요. 감금 및 협박의 그 감금 아시죠. 좀 데리고 나가주세요. 쓰러진 척 할게요.

대원2　경찰에 신고하시죠.

직원1　안 돼요!

직원2　우리가 먼저 경찰에 신고할 수는 없어요. 절대.

직원1　어제도, 고객들이 경찰 불러서 왔다가도, 그냥 가던데요.

대원1   저희는 환자를 이송하러 왔지…

직원1   사람 살리는 건 똑같잖아요. 두 목숨 구하는 거예요. 사례는 할 테니까… (사이) 이대로 나가면 우리 진짜 죽어요!

대원1   밖에 계신 분들 다들 시체 같으세요. 저분들이 오히려 환자처럼 보여요. 두 분은, 안 아프시니까 당당하게 걸어 나가시면 되겠습니다.

직원2   그게 안 되니까, 119를 부른 거 아닙니까.

대원2   환자가 아니면 저희가 모시고 나갈 수가 없어요!

직원1   저희가 나가면! 다들 벌떡 일어나서 달려든다니까요.

대원1   저분들이 무슨 좀비라도 된답니까.

직원2   좀비보다 더하죠!

사이.

대원1   (한숨) 가자.

대원2   (허리춤에 있는 무전기 뽑아) 철수합니다. 이상.

돌아서는 대원1과 대원2.

그들의 다리춤을 붙잡고 매달리는 직원2.

직원2   아니, 이렇게 가시면 저희는…

직원 1   제발 좀 구해주세요… (사이) 누워!

직원 2   (들것에 누우려는)

대원 2   지금 뭐하시는 겁니까!

대원 1   이러지 마십쇼!

들것으로 한바탕 싸움이 일어나는데,

쨍그랑, 하고 뭔가 깨지는 소리가 퍼진다.

대원 2   뭐야!

대원 1   숙여!

직원 1   … 여기가 아닌데요?

직원 2   그럼 저 밖에?

대원 1   분명 뭔가 터지는 소리가 났습니다.

대원 2   나가보겠습니다.

직원 1   저기요 아니 잠깐만요. (사이) 우리 데리고 가라고!

직원 2   살려달라고요!

6.

호경과 고객2는 바닥에, 고객1은 의자에 웅크린.

고객2　방금 뭐 터진 거야? 그거 하지 말고 내려옵시다. (사이) 사고 나. 돈 되받으려다 사람 죽겠다.

고객1　본인 걱정이나 많이 하세요.

고객2　무슨 말을 그렇게 해! (사이) 어어! 하지 말라니까. 임산부 다치면 어쩌려고, 정말 무슨 일이라도 생기면, 그걸 다 어떻게 책임질 거야.

고객1　(사이) 지 팔잔가 부지.

호경　임산부한테 머리채 잡히는 것도 맥 팔자겠네.

고객2　둘 다 그만해요.

대원1　(튀어나오는) 어어 무슨 일입니까?

대원2　싸우십니까?

호경·고객1·고객2　아니요!

대원1　물러서십쇼. (사이) 아… 여기 필라멘트가 떨어져서 깨졌네요.

대원2　(주변에서 아무 거나 보이는 걸로 마구 쓸어내는)

대원1　(호경에게) 혹시 어디 안 좋으시거나.

호경   (배를 가리며) 아뇨.

고객 2   (턱짓) 뭐래요? 누가 아프대요?

대원 1   아닙니다. 사실 상황은 여기가 더. (안 좋습니다)

고객 1   아프면 안 되죠. 돈을 얼마를 먹었는데.

대원 2   (정리하는) 일단 이쪽으로 유리조각들 모아놨으니까 조심하시고요.

대원 1   안에 계신 분들이 굉장히 여러분들을 두려워하시던데요.

고객 2   얼씨구? 큰 소리는 지들이 다 치고? 돈 못 준다고 명단 확인 안 된다고 쌩 날도둑 취급을 하고. (이마 짚으며 주저앉는) 우리야말로 지금 이 맨바닥에 드러누워서 쪽잠 자고 세수도 맘대로 못했어요.

대원2   그러신 것 같아요. 좀비 같…

대원 1   (대원2를 툭 치는)

고객 2   피해자는 우리라고요. 확실히 해주세요. 돈 떼이고, 환불도 못 받고, 여기까지 쫓아와서 거지꼴로 기만당하면서도 이러고 있는 우리가, 피해자라고요.

대원 1   네 알겠습니다.

대원 2   (구조키트 내려놓는) 일단 이거라도 놓고 가겠습니다. (호경 보고) 몸 안 좋으시면 바로 부르시고요.

사라지는 대원1과 2.

고객1, 다시 천장에 매달린 고가의 북유럽풍 조명을 뜯어내려 안간힘을 쓴다.

고객2　그게 돈이 돼 진짜?

호경　뭐, 진짜라면… 몇 백은 하던 거니까, 중고로 팔면.

고객1　딱 팔십. 내가 잃은 딱 팔십만 원만 되면 돼. (사이) 댁들
　　　　도 뭐라도 찾아봐요. 가지고 나갈 거. 어제 한바탕 난
　　　　리 난 이유가 뭐겠어. 여기서 퍽이나 환불해주겠다. 버
　　　　티기 들어간 거면 어쩔 건데.

호경　버티기?

고객1　언제 왔다고요?

고객2　어젯밤.

고객1　경찰도 왔다갔고?

고객2　왔다가, 그냥 가던데.

고객1　근데 대표란 인간은 어디서 뭐하는 지도 모르고 저 직
　　　　원들만 갇혔고?

고객2　그렇지.

호경　경찰은 대표 안 찾아본대요?

고객2　법적으로 문제가 없대. 성인이라 실종신고도 못 내고.

호경　법적으로 왜 문제가 없어요? 지금 나한테서만 일억 원
　　　　을 가져갔는데?

고객2　일억? 일억 원어치나 샀어 이걸? 왜?

호경　내가 산 게 아니라 손님들이 갑자기 들이닥치셔서 저

188

희 매장 물건들을 잔뜩 사가셨거든요.

고객1 매장에서 뭘 파는데요?

고객2 그래요, 진짜 궁금하다. 하루, 아니 반나절 만에 일억 원어치나 팔릴 물건이 있는 가게가 어디죠? 백화점 매장? 명품?

호경 (사이) 아뇨.

고객1 자동차 파는 딜러, 는 아닐 거 같은데.

고객2 ! 주얼리 매장? 백화점 내에 있는?

호경 아뇨. (사이) 화장품을 많이 팔고 간식이나 음료도 파는,

고객1 아아 뭔지 알겠다. 드럭스토어? 맞나?

호경 네, 맞아요.

고객2 하루 매출이 일억씩 나온다고요?

고객1 나오면 나오는 거죠. 왜 편의점도 목만 좋으면 하루 매출 그 정도로 찍는데요.

호경 정말요?

고객1 자세히는 모르지만 그런 매장 하나 없겠어요 전국에.

고객2 확실히는 모른다는 거죠?

고객1 아니 이분 매장도 일억이라는데.

호경 대출금 이런 저런 거 합쳐서 이제 일억이라는 소리고, (사이) 어제는 어떤 손님이 (손 하나를 쫙 펴며) 오천만 원 어치를 싹 구매해 가셨어요. 저희 매장에 재고가 없다니까 다른 매장 재고까지 수소문해서요. 향수며 스킨

케어세트며, 고가 명품도 다 사가시고. 얘기 들어보니까 하루 만에 이런 매출은 우리가 처음이라지 뭐예요!

고객1 이야 한 사람이 오천만 원?

호경 네! (배를 어루만지며) 이제 됐다, 드디어 고생 끝이구나, 매장도 확장하고 해외 명품 화장품들도 들여올 수 있지 않을까, 그랬거든요.

고객2 근데 그 사람이, 이 상품권으로 결제했구나.

호경 네…

고객2 이야, 그 사람도 대단하다. 뭐 때문에 오천만 원 어치나.

호경 뭐, 여러 일이 있겠죠? 경조사가 있어서 선물로 돌릴 수도 있고…

고객1 재벌인가?

고객2 재벌은 블랙카드 쓰지, 이런 상품권 안 사.

호경 맞아요, 한 푼이라도 아껴보겠다고 발품팔고 좀 더 바쁘게 움직여서 산 거거든요.

고객2 사장님도 좀 샀나보네. 근데 이 난리난 줄 모르고 받았어요?

호경 정신이 없었죠.

사이.

고객2 그 사람은 이 상품권을 왜 오천만 원 어치나 샀을까.

190

사실 장보기용으로 산 사람들이 대부분일 건데. 나도 그렇고.

고객1 뭐, 이 상품권이 자랑하는 제휴매장들 때문이겠죠. 유명한 레스토랑이며, 전자제품 전문매장이며, 백화점이며, 그 백화점에서 운영하는 리조트까지도 다 이용이 가능했잖아 심지어 전 20퍼센트 할인가로. 돈만 있었으면 나도 더 샀을 걸요.

고객2 그랬는데

고객1 하루아침에 제휴 안 한다고 했으니까요.

고객2 그래서… 사장님 어떡하냐.

호경 아니에요!

고객1 뭐가 아닌데요.

호경 그분은 좋은 분이세요. 다 선물용이라고 했거든요.

고객2 아니 당장 오천만 원 어치 상품권을 써야하는데 무슨 말을 못해. 앞에서야 선물용이라고 사놓고 막말로 여기서 환불 안 될 것 같으니까 당신한테 떠넘긴 거지. 세상에. 진짜 인간말종.

사이.

고객1 앗, 아프다 팩트폭력. 폭탄을 껴안으셨네.

호경, 고객1의 멱살을 잡아 밀치는,

호경   (격하게) 아니라고요!

고객2 아니면 아닌 거지 왜 사람을 떠밀고 그래요.

고객1 왜 나한테 화풀이에요?

호경   당신이 뭘 안다고 나불대?

고객1 그래요, 정곡 찔려서 따끔했으면 미안해요. 그래도, 본
          인이 사서 폭탄 던진 가해자도 아니고 당신도 피해자
          잖아. 왜 이렇게 격하게 화를 내요.

호경   그게 사과하는 태도냐고요.

고객1 여기서 더 어떻게 사과를 해요? 진짜 이상한 데서 예
          민하다. 임산부라 그런가.

호경   뭐라고요?

고객2 아니 근데 나 너무 궁금한 게, 정산이 그렇게 빨리 돼요?

호경   환불도 못 해준다고 하는데 정산이 될까요?

고객2 상품권 구매자들이야 개인 대 회사니까 가망이 없어서
          이래도, 거긴 어쨌든 본사 끼면 해결될 거 아냐.

호경   (배를 움켜쥐는) 어…

고객2 왜요 배 당겨요? 119 부를까?

호경   아뇨. 여기서 버텨야죠.

고객1 네, 굳건하게 버티셔야죠 여기서. 배우자는요? 다른 가
          족은 없어요?

호경   아… 배우자…

고객 2   출근했나보네.

고객 1   일억이 날아가게 생겼는데 출근이라니, 속도 좋다. 나 같으면 연차 쓰고 여기 오겠구만.

고객 2   출산휴가 쓰려고 버티나보네.

고객 1   출산휴가요?

호경   마, 맞아요. 출산휴가.

고객 2   봐요, 세상이 그렇게 한 사람 머릿속처럼 단순하고 그렇지가 않아.

고객 1   지금 절 모욕하신 거예요?

고객 2   모욕이라니, 다양한 사람들의 입장을 고려하란 뜻이죠. 역지사지.

고객 1   역지사, 그렇게 똑똑하신 분은 여기 와서 왜 환불도 못 받고 이러고 계신대요? 밤새도록 자리 지키셨다면서?

7.

직원2 저거 말려야 하는 거 아냐?

직원1 뭔 소리야. 아주 서로 물어뜯고 싸우고, 정신없어야 도망칠 구석이라도 있지. 119도 우릴 버렸다고. 응원해. 더 싸우라고.

직원2 … 더 싸워라 더 싸워…

사이.

직원2 우리 진짜 여기서 죽으면 어떡하냐?

직원1 (안 듣고 있다) 저 창문을 열고 뛰어내리면,

직원2 어어 싫어 절대 싫어 나 고소공포증 있다고.

직원1 여기 사층이야. 다쳐봤자지. 다리 내 주고 자유를 찾자. 해방되자고.

사이.

직원2 꼭, 그렇게 뭔가를 줘야지만 따라오는 게 자유였나. 내 꼴을 봐라.

사이.

직원1 젠장, 니 맘대로 해라.

직원2 (엉엉 운다) 이렇게 죽기는 싫다고… 어떻게 취직했는데…

직원1 안 죽어! 왜 처 울고 지랄이야. 기운 빠지게. 못 뛰어내리겠으면 여기서 빠져나갈 다른 방법을 생각해. 울지 말고.

직원2 나, 여기 취직됐다 그러니까 부모님도, 애인도 그렇게 좋아했다. 이제야 사람구실 한다고. 내일을 생각해볼 수 있다고 이제. 나도 내 스스로가 얼마나 자랑스러웠다고. 더 살아봐도 된다고, 매일 아침 눈 떠도 갈 곳이 있다고, 이 도시 한복판에 수많은 책상 중 이거 하나 내 자리라고 스스로한테, 얼마나 당당했는데… (사이) 근데 겨우, 겨우 죽어라 어른 돼보니까 남이 싸지른 똥 처리하는 똥닦개나 되어있고.

직원1 말조심하라고. 이게 똥인지, 황금인지는 아무도 모르잖아.

직원2 대표가 연락이 안 되잖아 아직도 몰라?

직원1 어디서 존나 회의중이겠지, 어떻게든 회사 살려보겠다고.

직원2 야. 나 그거 생각나. (사이) 계약직들 월급 못 올려주겠다고 계약기간 끝나자마자 싹- 자르고서 (사이) 그 다음 날 대표가 뭐했냐. (사이) 새파란 슈퍼카 몰고 왔잖아.

직원1 아.

직원2 엔진사양이 뭐라더라. 난 그런 배기통을 차에 달 수 있다는 것도 처음 알았다. 소리가,

직원1 예술이었지.

직원2 무슨 어디서 비행기 뜨는 줄 (알았어). 니가 그랬잖아. 저거 불법으로 개조한 거라고. 돈 존나 많이 들었을 거라며. (사이) 차 튜닝할 돈은 있고 직원한테 시발 연봉 십 이십 올려줄 돈은 없고 시발.

직원1 그래서 뭐 어쩌자고.

직원2 대표새끼도 우리 버린 거야 모르겠어?

직원1 (직원2의 멱살 드잡이) 미친 새끼야 입 조심하라고. 그런 건 니 대갈통에서 생각만 존나 하라고. 입 밖으로 내뱉어서 무게를 얹지 말란 말이야. 형태를 만들지 말라고!

직원2 방금 봤잖아. 만삭의 임산부가, 일억을 잃었대요. 일억, 일억… 우리 같은 인간들한테는 한 번 와보지도 않을 일억. 아, 이 어깨에 빚으로만 주렁주렁 달릴, 만져보지도 못할 일억. 너 그거, 감당할 수 있어?

직원1 우리가 왜 뭘 감당해!

직원2 우리가 팔았으니까!

직원1 입 닥쳐.

직원 2 우리가 팔았으니까. 너랑 내가, 좋다고 제휴매장 맺으러 다녔으니까! 호갱님들한테 행복적립금 많이 사주세요 그래야 니 행복 거둬서 우리 행복에 보탤 수 있으니까요, 존나 씨부리고 다녔으니까! 책임지지도 못할 말 씨부린 결과가, 이거야.

직원 1 우리가 왜 책임을 져. 책임은 대표가 지는 거지.

직원 2 … 진심이야?

직원 1 어! 시발 존나 진심이다 왜.

직원 2 대갈통 꽃밭인 건 너네. 책임을, 진짜로 대표가 질 것 같애?

직원2, 품속에서 종이쪼가리를 꺼내 직원1에게 던진다.

직원 1 이게 뭔… (종이쪼가리 집어 보는) 대서양호텔 스위트룸 두 달 계약금… 어제네?

직원 2 우리 여기서 머리 쥐어뜯기고 밖에도 못 나가는 동안에 대표란 인간이 한 짓이야, 이게.

사이.

직원 2 환불? 진짜로 환불 가능할 것 같아? 진짜? (사이) 환불해주겠다는 인간이 기사 뜨자마자 잔고 털어서 오성,

육성급 호텔 스위트룸을 일시불로, 것도 현금으로 완
불하냐? 완불됐던 방이었어도 환불하고 남은 돈 가지
고 여기 왔어야지. 차? 빨리 처분해야지 일말의 책임감
이라는 게 있었으면. 차는 지금, 어디 있냐?

사이.

직원1 시이발.

직원2 알겠냐 꽃밭아. 우리 존나, 좆된 거라고.

직원1 시발! (뛰어나가는)

직원2 야 어디 가!

8.

고객1   그렇게 마음이 넓으신데 왜 제 말에 발끈하세요?

고객2   비꼬는데 화가 안 나나. 이러니까, 상대하기가 싫은 거야.

고객1   그렇게 고상하신데, 왜 사기 당하신 거예요?

직원1이 나가려 한다.

호경   어어 어디 가요!

직원1   놔요!

호경   (비명 지르며 넘어지는)

고객1   야!

고객2   어딜!

직원2   미쳤어? 임산부를 밀면 어떡해?

사이.

직원1   여러분 잘 생각하세요, 여기 백날 있어봤자 환불은커
       녕 대표 낯짝도 한 번 못 봅니다.

고객1   그걸 말이라고 하냐 확 씨.

고객2	대표 오라 그래 그러니까. 그 잘난 면상 좀 보게!
호경	잠시만요, 그러면, 직원분들도 아예 지금 연락이 안 되는 거예요? 아예? (사이) 완전히? 아예?
직원1	(돌아서서 흐느끼는)
직원2	… 죄송합니다.
호경	(열이 확 받쳐) 아니 그럼, 환불은? 대금은? 미칠 것 같아? 난 벌써 미쳤어.
고객2	진정해요, 아가 놀란다.
직원2	유감입니다. 그 마음은 저희가 이해하지만.
호경	이해? 뭘 이해해? 늬들이, 푼돈 아끼면서 사는 사람들 마음을 안다고? 아냐, 알면 그럴 수가 없어. 왜 안 말렸어.
직원1	뭘요.
호경	어제 여기서 버틴 사람들.
직원2	무슨 말씀이신지 잘.
직원1	어제, 여기서 버틴, 사람들… (사이) 그분들이 왜요?
호경	그 사람들, 다 어디 갔냐고.
직원2	그야 집에.
고객2	그래, 나도 그게 이상해. 한 푼도 못 받고 있는데 어떻게 집엘 가?
고객1	그러게요. 사무실 털었대도, 합쳐도 천만 원이나 나오려나. 딱 봐도, 직원 5명 넘을까말까 한 곳 같은데.
호경	그 사람들, 다 어디로 갔냐고.

200

직원1 모릅니다, 저희는. 인터넷 찾아보더니, 아직 소식 모르는 소규모 매장들 정보 공유하시다가…

호경 당신들이 대답해줬죠. 샐러드가게, 반찬가게, 개인이 운영하는 슈퍼마켓, 그리고 드럭스토어.

직원2 아 맞아요, 그때 오천만 원 구매하신 고객님이 특히 드럭스토어에 굉장히 관심이 많으셨죠. (사이) 어…

직원1 … 어…? (사이) 고객님, 혹시 어제…

사이.

직원1 설마.

직원2 아냐, 맞네 그분. 고객님 저 기억하시죠? 덕분에 깁스도 했네요 제가. (사이) 근데 어떻게 갑자기 만삭의 임산부가 돼서.

고객1 …

고객2 엥?

호경 무, 무슨 말이에요!

직원2 진짜로 모르시겠어요? 그때 사무실에서 노트북으로 결제내역 확인하시면서, 오천만 원 제대로 확인하라고 막 고함지르시고. 그 빨간 잠바 쫓아 나가셨다가 놓치셨다고… 맞죠?

호경 (돌아버린) 그래 맞다. 결혼 앞두고 한 푼이라도 아껴보겠다고 발품팔고 부지런떨다가 이딴 거지 같은 상품권 오천만 원어치 사서 바보 된 것도 나고. 자기 돈 찾겠다고, 멀쩡히 장사하는, 아무것도 모르는 가게 가서 상품권 다 턴 것도 나다.

고객1 아, 아니 그러면 그 폭탄 투척자가 당신이라고?

고객2 잠깐만, 당신이 당신 가게 가서 매출을 올렸다는 거야?

호경 나라고, 임산부한테 폭탄 투척하고 싶었는 줄 알아? 그렇게 해야 내가 사니까!

고객2 좋은 사람이라고 그-렇게 편을 들더니. 자기 얘기였어?

사이.

호경 아니, 그게 아니라. (배를 끌어안고) 사과하고 싶었어요, 만삭인 사장님한테 그러려던 게 아니었어요. 정말 나도 잘, 하고 싶었다고요. 결혼식도 보란 듯이 가성비 갑으로 잘, 생활도 야물딱지게 가성비 넘치게 잘, 다잘 해내고 싶었어요. 그게 죄에요? 그게 죈가요? (사이) 난 정말, 열심히 살았어요. 남들보다 좀 더 움직여서 정보 좀 더 일찍 선점했고, 그걸 사람들한테 공유하고. 다 같이, 가성비 찌는 삶을 살면 좋겠다고 생각했던 것뿐이라고요.

이미, 모두들 호경에게서 멀어졌다.

호경   길거리 다녀봐요 십원짜리 하나 눈에 보이나. 눈 깜짝
할 새에 월급이 통장에 찍혔다가 그대로 빠져나가는
세상에서 생활비 어떻게든 줄여보겠다고 발버둥친 게
그렇게 잘못이냐고요?

사이.

고객1   저 사람 누구예요?

고객2   (고개를 젓는)

직원2   모르겠습니다.

직원1   소름끼치는군요.

호경   왜 그렇게 쳐다봐요? 오천만 원을 찾지 못하면 난 당
장 죽어야 한다고요. 그럼 내가 죽어요? 아냐 아냐…
누구라도 그랬을 거잖아요. 당신들도, 그 상품권 쓸 수
있는 매장 있다 그러면 안 갈 거예요?

사이.

고객2   (고개를 절레절레 흔든다)

고객1   수치를 모르면 인간이 아니랬는데.

호경   (일그러진) 내가 뭘 잘못했는데요… 다들 좀 솔직해져
봐요. 결국엔 나처럼 선택을 할 거면서. 이 위선자들.

정적.
천천히, 구급차 사이렌 소리가 들려오고 커진다.
부른 배를 안고, 나가는 호경.
황망히 선 사람들.
천천히, 암전…

9.

만삭의 임산부가 누워있고 구급대원1,2가 응급조치 중.
산소호흡기 소리 점점 희미해지는.

대원1 태아 심정지!
대원2 산모도 위험합니다!

산모와 태아의 심장박동소리가 어지럽게 얽힌다.
차츰, 느려진다.
끝내, 천천히 멎는 심장박동소리.

음성 메시지가 도착했습니다.
행복적립금으로부터 화장품 대금 1억 2천7백만 원이
입금되었습니다.
입금확인 바랍니다.

그 모습을 멀리서 바라보는 호경.
호경의 배 속에 품고 있던 쿠션이 바닥으로 떨어진다.

10. 기자회견장

단상에 올라서는 행복적립금 대표. (이하 대표)
멀리에 서 있는 호경.
카메라 플래시 세례.

대표 안녕하십니까. 행복적립금 대표 진실한입니다. 백만
고객들께 행복적립금의 작금의 사태에 대해서 자세한
말씀을 드리기에 앞서, 스스로 생을 마감한 드럭스토
어 점주와 복중태아의 명복을 빕니다. (사이) 하지만 여
러분. 드럭스토어에 저희가 일시불로, 정산금을 입금
했음을 꼭 알아주시길 바랍니다. 가맹점주님의 사망시
각이 저희가 대금을 입금한 시간보다 단 5분, 5분 앞섰
다는 점을 꼭 알려드리고자 합니다. 저희는 절대로 사
기가 아닙니다. 저희는 결백하며 다소 시일이 걸리더
라도 환불을 끝까지 진행할 의지가 있음을 이 자리에
서 명백히 밝힙니다.

인사하고 단상을 떠나는 대표.

기자1　구매자들에게는 언제부터 환불이 가능한 겁니까.

기자2　대기업에게는 선불 지급, 소상공인에게는 후불 지급 정책을 쓰신 이유가 뭡니까?

호경　사망한 드럭스토어 점주의 죽음에 책임을 느끼십니까?

떠나던 대표가 돌아본다.

호경　수치를, 느끼십니까?

단상에서 내려갔다가 다시 오르는 대표.

대표　제가 죽어야 속들이 시원하시겠습니까. 그 책임을 왜 저한테 묻나요. (사이) 폭탄은요, 터지기 전에 버리시는 겁니다. 그것까지 제가 다 막아줘야 합니까?

정적.
대표, 객석을 바라본다.

대표　아 저 그리고, 원활한 환불 업무를 위해서 저희 직원의 노트북을 가져가신 분은 하루빨리 돌려주시길 바랍니다. 노트북이 없어서 환불이 전혀 진행되지 않고 있습니다. 저희는 빨간 잠바를 입은 남자분이 노트북을 들고 나가는 장면이 찍힌 CCTV를 가지고 있습니다. 본인은 이 소식을 듣는 즉시, 노트북을 돌려주시기 바랍니다. 이상입니다.

끝.